闫红谈诗经

爱在春秋风雨间

闫红 著

江苏凤凰文艺出版社
JIANGSU PHOENIX LITERATURE AND ART PUBLISHING, LTD

目录

暗—恋

执手

诀别

暗恋

《周南·汉广》

南有乔木，不可休息。汉有游女，不可求思。
汉之广矣，不可泳思。江之永矣，不可方思。
翘翘错薪，言刈其楚。之子于归，言秣其马。
汉之广矣，不可泳思。江之永矣，不可方思。
翘翘错薪，言刈其蒌。之子于归，言秣其驹。
汉之广矣，不可泳思。江之永矣，不可方思。

1．怎样面对已经成空的爱情

“想得而不可得，你奈人生何”。李宗盛这么唱，叹息般的旋律，深入人心，有情人终成眷属，多是童话里的欢喜结局；更多时候是，一方先离开，另一方被放弃；甚至于，一方如醉如痴，浮想联翩，另一方却莫名惊诧，不得要领，当谜底被揭开，歧路呈现的那一刻，那些令你魂牵梦萦、甜蜜、忧伤的小细节戛然而止，这迅雷不及掩耳的收梢，你如何面对？

多年前去看演唱会，台上居然有曾在20世纪90年代初风靡一时的

“情歌王子”王杰，而他唱的也是当年的代表作《一场游戏一场梦》，在黑暗的演唱会现场，一句句歌词入耳入心，这才发现它确实过时了，不只是那旋律，还有对于爱情的态度。

“不要谈什么分离，我不会因为这样而哭泣，那只是昨夜的一场梦而已。不要说愿不愿意，我不会因为这样而在意，那只是昨夜的一场游戏……”歌词画面感十足，一个受伤男人的形象在黑暗里冉冉升起，他被放弃了，伤了自尊，为了维护这自尊，他极尽可能地贬低和她曾有的关系：如果那只是一场游戏一场梦，那么，现在的他，自然可以挥一挥衣袖，全身而退。

人人都有自我保护的本能，局外人无从判断对错，只是这样多没劲，到了八十岁，他的自尊心依旧满格，他的感情世界，却一片荒芜，曾经有过的温软交集，都被他撕碎焚毁再踩上一脚，以换得他庞大自尊的全须全尾。活成这个样子，不也挺没意思吗？没格局，没风格，没有刻骨铭心的记忆，也没有在岁月里风干的背影，可以在风晨雨夕里，老眼昏花地举杯致意。

怎样面对一段忽而成空的感情，可能是人生中难以避免的测试，不同的人，会交出不同的答案。

《中华古今注》里蚕马的故事，每次读到都令我感到触目惊心。故事里，女孩的父亲出门远征，音信皆无，女孩只与一匹白马相伴。她思念父亲，拍着马背说，谁能把她父亲找回来，就嫁给他。不曾想那白马一声长嘶，绝尘而去，不久，竟真的把她父亲载了回来。

女孩恐惧了，不知如何面对当时的允诺。白马每每对她扬蹄嘶吼以提醒。她便掩口不提，父亲感到奇怪，了解原委后，干脆将白马杀掉，马皮就晾晒在院子里。某日女孩看到庭院中的马皮，竟踢了一脚，马皮矍然而起，卷女而去，最终合二为一，栖止于桑树，化为蚕。

将那匹马视为一个被拒绝的男人也未尝不可，它让我见证了强烈的感情，是怎样将一个人的爱意转变成席卷一切的愤怒。

两情相悦的爱情可以化蝶，一厢情愿的爱情，只能化蚕。白马与女孩的身份迥异，它原本只能遥远地、无望地注视那女孩的背影，一个突发事件，使得它的爱能得以实现，它尽了力，仍然一无所获，还遭到杀戮，愤怒夹杂着委屈，爆发出了超自然的力量，当那马皮破空而来，向女孩罩去，一个底层男人的蛮性与血性体现得淋漓尽致。

这样的故事放到现实生活中，可就让人消受不起了。你不仁我不义，不能共枕，那就同穴，里面的每一方，都是施暴者，也是受害者，现实中做得这么极端的不多，但同样凶猛的并不少。

王杰式的轻浮固然不好，弄到“蚕马”这个程度，又过于沉重，在轻浮与沉重之间，我们是否还有别的选择？《诗经》里那首《汉广》便是另辟蹊径，它展现出宁静而广阔的爱意，如同月光下的水波，有隐隐起伏着的轮廓。

“南有乔木，不可休息，汉有游女，不可求思。”开头数语，斩钉截铁，却让人疑窦丛生，高大的树木，应该是很好的倚靠，为何不能休息？只因它不是我的。同理，这个美丽的女子，连追求都不可以，因为她与“我”之间有着不可逾越的距离。

爱情中常有距离，如此才有求之不得而辗转反侧，才有一日不见，如隔三秋，相反，若是美人在怀，触手可及，哪还有那么多黯然神伤？距离，不算个坏东西。

但是，对于《汉广》中的男人，这距离太远了一点，远到他已认了命，连想念和白日梦也不允许自己有，他用命运般冷酷的声音告诉自己，“汉有游女，不可求思”。这是铁一般的“不可”，如同“汉之广矣，不可泳思，江之永矣，不可方思”。我早已知道，你我之间的距离，如同广袤的长江之水，永远不可泅渡。

这距离从何而来？“翘翘错薪，言刈其楚，之子于归，言秣其马”，他擅长砍柴喂马，即使不是樵夫马夫，也不大可能是“上流社会”的人。至于“游女”，大多语焉不详，也许她身份高贵，也许她名花有主。总之，她的人生，与他无关，他无法得到她的爱。

他的感情有了两种可能的走向，一种是像蚕马那样，施以不管不顾的热情；另一种是像王杰歌中这样，否定爱情，并千方百计地让自己忘记。

这位樵夫的选择却不在这两种之中，他不愤怒，也不委屈，连伤感哀愁也无，但也不是要回头。他是这样平静又这样深刻地爱着这个女子：假如他的爱也如这江水一样，不可泅渡，那么，就不泅渡，这也许才是真正的天长地久。

你千方百计，想要抱得美人归，和他暗自出手，试图在心中斩草除根，都是要泅渡到彼岸，把这件事完成，把自己从那澎湃的、让人坐卧不安的爱情中拯救出来，重新回到既定轨道。爱情止于得到，或止于放弃。

而这位樵夫，他不作为，仍然是劈柴、喂马，循着往常的日子，只不过，他喂的马，是要送这个女子出嫁的马，他一如之前那么从容、平静，有条不紊。

也许，有一种爱，只与自己有关，我只想把你放在我心中，我已经把你放在我心中了，还有什么可以夺走呢？即使你离开，即使你已走得太远，都没有关系的。他的平静，来自对爱情的清晰与笃定。

同样有这份笃定的，还有著名哲学家金岳霖，他的学生曾经为爱所苦，金岳霖开导他：“恋爱是一个过程，结婚或不结婚只是恋爱的结果，只是恋爱过程中的一个阶段，因此，幸福与否，应从恋爱的全过程来看，而不应仅仅从恋爱的结局来衡量。”

这真是一个“痴汉”说出来的话，这个“痴”，不只是对于林徽因的“痴”，更是对于爱情的痴，在普遍把恋爱视为婚姻的前奏的国度里，金岳霖这样的悟性，实在是难得。

诗歌的结尾如是三叹：“汉之广矣，不可泳思，江之永矣，不可方思”，那不只是感叹江之广，水之长，更是感叹那天阔水长的爱情，不可以泅渡，也无须泅渡，不妨这样永久相望，明澈的目光，有如月光。

《郑风·野有蔓草》

野有蔓草，零露漙兮。

有美一人，清扬婉兮。

邂逅相遇，适我愿兮。

野有蔓草，零露瀼瀼。

有美一人，婉如清扬。

邂逅相遇，与子偕臧。

2．寂寞是为了遇见你

重要的时刻，就像重要的人一样，常常出现在你意想不到之际。苏轼的那首《临江仙》，讲述的就是这样一个场景。

夜饮东坡醒复醉，归来仿佛三更。家童鼻息已雷鸣。敲门都不应，倚杖听江声。

长恨此身非我有，何时忘却营营？夜阑风静谷纹平。小舟从此逝，江海寄余生。

那天他运气不算太好，参加饭局，回来得太晚，小家童睡得呼噜声震天，敲门也不应。这种徘徊门前不得入的经历，只怕人人都有，苏轼大人别无他法，干脆到江边溜达去了。

原是无奈之举，未曾想另有天地，大河浩荡，江声涌动，半夜三更的，岸边只有他倚杖而立，世界突然安静了下来。他从宴席上的宾客，家中的主人，还原成这样一个人，回看日常生活中的自己，滔滔的废话，泛滥的笑容，那些自以为发自肺腑的感慨，说到底竟都是为欲望所牵系。谁的灵魂，真的驻扎于自己的身体？苏轼不由感慨：长恨此身非我有，何时忘却营营？

这一刻的澄明与超然，全拜那个酣睡的小家童所赐，苏大人若是顺顺当当地进了门，也就洗洗睡了，哪会深更半夜的，跑到这江边来，于寂寞中，生出这样的顿悟？

寂寞这东西，有人避之不及，有人寻寻觅觅。其间差别，大约在于，有些人已经习惯和他人在一起，另外一些人，即使走在汹涌人潮中，即使为万众瞩目、应者云集，还是习惯地躲闪到寂寞的阴影里，只因那里有自己以及知己。

《野有蔓草》，将人对寂寞的这种依赖，写得颇为深切。

“蔓草纵横，白露未晞”，我信步到此，希望与你相遇。你不是那“桃之夭夭”的美人，亦未曾有“手如柔荑，肤如凝脂”的具体，我只见你清澈明亮的眼神，既善于倾听，又善于体悟，遇见这样一个你，就是遇见最好的自己。

每次读这首诗，都觉得它像一个白日梦，但是比“窈窕淑女，君子好逑”那种高级，后者更像是青春期里的躁动，着急地想抓住一个美女。

欲望这东西太热闹，像张生与崔莺莺，初见时便是“颠不刺的见了万千，似这般可喜娘的庞儿罕曾见。则着人眼花缭乱口难言，魂灵儿飞在半天。他那里尽人调戏亸着香肩，只将花笑拈”的惊艳，惹得张生“饿眼望将穿，馋口涎空咽”“空着我透骨髓相思病染”。两人通过红娘传书有了约会的机会，则更有“将柳腰款摆，花心轻拆，露滴牡丹开”的欢好。看上去确实你侬我侬，羡煞他人，但在荷尔蒙的怂恿之外，他们真的相知吗？书里没说，却也可以想见。

《野有蔓草》里的场景则要冷清得多，清晨的野外，蔓草与露水之间，既不像白天，有着菜市场般的嘈杂；也不像夜晚，充斥着廉价的诱惑。在这新鲜而又岑寂的雾气里，我首先放空自己，找到自己，然后，我希望，遇见你。

先将自己放置在寂寞里，是为遇见知己必需的准备。满世界的人都自称苦闷，知己成了比黄金还稀缺的资源，但我觉得说这话的人首先应该自我反省一下，你，真的做好准备了吗？做好遇见知己的准备？

活在这人世间，谁都有点自我保护意识，戴着面具，涂上防护油，微笑、敷衍、搭讪、应酬……油腻腻地走来走去，度过时日。天长日久，有的人跟他的防护油合二为一，梦里也是油腻腻的表情，有的人还记得在某些时刻卸一下妆，与真实的自己来一次零距离的相对，而在无所依凭的寂寞里，遇到的知己，才是真正的知己。

人世间的相知，有时好像也不那么难，两个人见面了，谈股票、房价、小孩的学区、明星的绯闻，轻易就能找到N多共鸣点。在性的吸引下，装作欣赏对方的灵魂也不是没有可能。但是这浅层次上的共鸣来得快去得也快，更重要的是它无法给你带来深刻的喜悦，激起你灵魂不由自主的战栗和想要拥抱的热情。

在寂寞之处遇见知己，成了一个永恒的主题——辛弃疾在灯火阑珊处遇见，戴望舒在悠长悠长又寂寥的雨巷里遇见，“古诗十九首”里的那个无名的女子，她希望在高楼之上遇见：

西北有高楼，上与浮云齐。
交疏结绮窗，阿阁三重阶。
上有弦歌声，音响一何悲！

谁能为此曲？无乃杞梁妻。

清商随风发，中曲正徘徊。

一弹再三叹，慷慨有余哀。

不惜歌者苦，但伤知音稀。

愿为双鸿鹄，奋翅起高飞。

西北有高楼，高处不胜寒，这高楼，可以是实指，也可以是虚指，是这女子心中的一座楼阁，她等待的，是能够走到这楼阁最高处的人。

黛玉的风流袅娜，薛蟠也能懂得，在人群里看见了，立马“酥倒”；黛玉的才华，宝玉早早就懂得，但她的才华，未必就比宝钗甚至湘云高出多少；黛玉迥异于众人之处，在于对生命直接敏锐的感触。

当宝玉听到她念“侬今葬花人笑痴，他年葬侬知是谁”“一朝春尽红颜老，花落人亡两不知”，推想到眼前一切事物包括自己都将到无可寻觅之地时，不觉恸倒在山坡上。但这时，他还是没能走到她的高楼之上，直到放弃其他人的眼泪。参透“一个人一生只能得到一份眼泪”，他们的心灵，才算真正走到一起。

是啊，我一定要在高楼之上等你，要你懂得，我最高最深远之处，琴声是语言，也是留给你的阶梯。

但是，茫茫人世，有谁能懂那琴声，有能力有愿望走到你的楼阁之上？“一弹再三唱，慷慨有余哀，不惜歌者苦，但伤知音稀”，这感慨凄清而又激越，等了又等，伤感着，但不绝望，“愿为双鸿鹄，奋翅起高飞”，她还是梦想着，能够遇到一个人，和她一起，飞到更高的地方。

《郑风·野有蔓草》的愿望也如是，“邂逅相遇，与子偕臧。”他设想的结果，一点也不具体，没想“窈窕淑女，琴瑟友之……窈窕淑女，钟鼓乐之”，他想遇见她，不是为了解闷、陪伴乃至生儿育女，而是“与子偕臧”。

“臧”的意思是“美好”。以最美好的自己，遇见一个美好的人，然后和她（他）一往无前地美好下去，世间，还有比这更美好的事吗？它可遇不可求，难怪只能“邂逅相遇”了。

《郑风·子衿》

青青子衿，悠悠我心。纵我不往，子宁不嗣音？
青青子佩，悠悠我思。纵我不往，子宁不来？
挑兮达兮，在城阙兮。一日不见，如三月兮。

3．爱你，是小心翼翼的作茧自缚

你思念他到这样的地步：一日不见，如三月兮。可是电话就在你手边，号码就在你心中，却皆是不可以碰触的禁忌。你画地为牢，只能怨念："纵我不来，子宁不嗣音？"

春秋时候，爱恋中的女孩不可能守着电话苦闷，她走出家门，走上城头，登高望远，一如《西洲曲》里的那个女子，"忆郎郎不至，仰首望飞鸿"，然而眼前千帆过尽，总不见心中的青青子衿，暮色里只见雉堞参差，映着她低首踟蹰的背影。

"纵我不往，子宁不来？"年少时对爱情懂得浅，只当是个妙曼的姿态，做给别人看也做给自己看，看这句诗，认为是矜持；待到经历世事，去掉了“姿态”而更着意本质，方读懂这一句说的是“情怯”。我“不往”，不是不愿意往，是不敢往，情到深处，不但让人孤独，还常常没来由地心虚气短，不敢多说一句话，不敢多走一步路，说了，走了，便是永不能自恕的错。

常看见这样的情节，青年男女，相爱却都不敢先表达，屡次错过时机，终为造化所弄。直到别后经年，两人再也没可能，反而略能放达一点，装作不经意地一对质，原来，他们都曾是深爱对方的。当事人欲待如何暂且不表，只说作为旁观者的读者，掩卷如何没有深深憾意，为这一对擦肩而过的恋人。假如当初他们把爱说出来，何至于眼睁睁地看着对方消失在人海。

先说爱，会死人啊？当然不会死人，可是，比死还可怕。残雪曾在一篇小说中说，当我说出爱情这两个字，就感到有一千只黄蜂向我飞来。这比喻太生动了，能想象主人公的恐惧、慌乱和不知所措，眼中只有铺天盖地的黄蜂，嗡嗡叫着撞过来，太危险了。

吐露爱情，就是这样危险的一件事。它的危险在于，你不能承受任何风险，但凡能承受的风险，也就不那么危险了。我这句话说得是不是有点绕？好吧，让我这样说，当你将这份爱看得太重要，不可以出现分毫差池，你就自缚了手脚，无所作为了。

站在原地，等待命运搭救，这是多么无望的事！可我愿意承受这份无望，纵然一日不见，如三月兮，纵然我被思念压得喘不过气，也不可以贸然行动，没有开头，就像面对一个没有开启的礼品盒，我遏止自己的好奇，保持它的圆满。

在我常去的天涯论坛上，看见一个豪气冲天的帖子，说“要冒死表白了，大不了一拍两散”，看上去彪悍得可以，但这赴死般的决心背后，亦是准备承受破碎的悲伤。爱一个人，像捧玻璃盏过独木桥，由不得要小心翼翼，却又是再小心翼翼都不放心。这个美眉，是忍了再忍、忍无可忍，最后决定冒死试上一把，她已经做好将自己的心掼碎的准备。

隔日她再来，说失败了，她太紧张太笨拙太混乱了，最后都没让对方弄明白。她飞快的语速和突然的停顿，她痉挛的手指和苍白的面容，她完全没道理的激动和更加没道理的泪光，让对方完全摸不着头脑，最后客气地跟她说了再见。完了完了一切都完了，她形容这次表白很“洒狗血”，很“华丽丽”，她还在自嘲着，调侃着，可是，我分明看出了她强颜欢笑之后的眼泪。

是那一千只黄蜂朝她撞来了，她如此混乱，跟那城阙之上的女子的徘徊，从根本上说，是一回事，假如她不够爱，也许就能做得更好一点。恋爱这件事真的很奇怪，没那么多感情，才能发挥得更好。

有女友说起她那段情事的开始：男人在桌下，悄悄握住她的手，换成平日，她肯定是反感的，但那一天，不知道为什么，竟不反感，倒鬼使神差地，怦然心动了。

有些时候，女人是需要冒犯的，时机成熟时的冒犯里，有微妙的恭维。但问题是，这个“有些时候”难以掌握，如果火候不到，贸然出手，对方没准儿要起反感，闹得朋友都做不成，情重者患得患失，就会停在原地，他珍惜手中的那些情意，不敢轻易拿去赌。反倒是情浅者没有心理负担，该出手时就出手，他想要做的是“征服”，最后的目的是“得手”，所谓“情意”摸不着看不见，既不能拿出去显摆，又不能自个儿享受，要它何用？情浅者不注重过程而更在乎目的，他们是目的主义者。

“过程主义者”讲究过程，在乎自己的身段，在对手心中的形象，总是提心吊胆着；“目的主义者”正相反，不在乎一时一地之失，在这座城池碰了壁？没关系，骂一声“TMD”，拍拍屁股弃城而去，大不了从头再来。有这份举重若轻的心态，往往容易成功。

只是，情场上的胜利者，未必能够拥有爱情，我总觉得，爱情，实质上是自己的事情，首先要你自己情动于衷，有所煎熬与磨难，你才能享受到爱情的极致，那滋味不完全是甜蜜，还有悸动与疼痛等各种复杂感觉，可正是这些感觉让爱情变得丰富起来，万千滋味，使你欲罢不能。若没有这个前提，就算赚到了别人的爱，没有自己的投入互动与激活，也只是物理性的累积，可以叫做成就，不算爱情。

好在，那些轻浮的男子，本来就有志于做一个“成功者”而不是“爱者”，有志者事竟成，也算得其所哉。同理，那些“不成功者”，亦是“求仁得仁”，当他们在城阙上踟蹰，在月下漫步，当他们“但为君故，沉吟至今”，他们就是在享受过程了，实现了一个“过程主义者”的圆满。

余光中有诗曰：

你来不来都一样
竟感觉每朵莲都像你
尤其隔着黄昏
隔着这样的细雨
永恒，刹那
刹那，永恒
在时间之内
等你在刹那，在永恒

《子衿》里的这个女子也是如此：你来不来都一样，城头的夕阳是你，风声是你，仿佛的人影是你，起伏的意绪是你，想念你的我也是你。这样一场等待，就因为没有迈出去的那一步，成了凝立千年的画卷，为世间爱者，一遍遍温习。

《郑风·出其东门》

出其东门，有女如云。
虽则如云，匪我思存。
缟衣綦巾，聊乐我员。
出其闉闍，有女如荼。
虽则如荼，匪我思且。
缟衣茹藘，聊可与娱。

4. 人家都在你不在

之前看过一则娱乐新闻，王菲的女儿李嫣庆生，窦唯的妈妈也来了。李嫣是王菲和前夫李亚鹏所生，窦唯是王菲的前前任，这关系说起来都复杂，居然能够欢聚一堂过生日，这种事，也只会发生在王菲身上。

对于过往，王菲似乎一直保持着一种若无其事的态度。去年她和谢霆锋复合时，我最惊讶的是，她居然能够和一个曾经放弃她的人在一起。众所周知，当初谢霆锋为了张柏芝而和她分手，和张柏芝相爱后又是各种秀恩爱，虽然她自己也有了李亚鹏，但对于很多人，被深爱的人放弃，应该是刻骨铭心的伤害。在你的人生里，我应该是独一无二的，怎能挥之即去招之即来？

即使一个不骄傲的人，在爱情领域里，也会格外地看重自我。这或者是因为，当一个人对你说“我爱你”，似乎就意味着他从茫茫人海里把你筛选出来，尽管人世间有百媚千红，他独爱你那一种。那么，当他不爱，你自然就会有一种被放弃的感觉。

我们读过的书看过的戏听过的歌，不都是在晕染与强调着这种感觉吗？

这几年，“世界”两个字，似乎成了图书编辑最喜欢镶嵌在书名里的词，大热的有张嘉佳那本《从你的全世界路过》，我印象最深的则是乔一的《我不喜欢这世界，我只喜欢你》。以对世界的凉薄寡淡，反衬对“你”的情深义重，尤显这感情的专一和隆重。

当然，也有刻薄者笑言，“世界”这是招谁惹谁了？是啊，“世界”好端端地在那里，怎么就这么不讨你喜欢了？这样较真，能享毒舌之乐，然而，那样对比，也非作者的傲娇，为你而忽略整个世界，算是最为经典的爱情表达。

有一年我去大同，见到作家曹乃谦，当时正流行这位老先生是“诺贝尔文学奖”候选人的说法，据说诺奖评委马悦然对他尤其高看一眼。

但我见他，不是为了跟他讨论文学，而是听说他擅长唱山西民歌——我是一个民歌控。

那是一场给我留下深刻印象的宴席，开场时与寻常饭局并无不同，三杯两盏之后，萍水相逢的一桌人，次第开腔歌唱。轮到曹乃谦时，他握着酒杯，站了起来，眼神里聪明人常有的戏谑忽而收敛，眼神上抬，仿佛离人们很远，他的歌声更如在无人之地，如在寒夜的旷野，对着虚空歌唱：

山在水在石头在，人家都在你不在。刮起个东风水流西，看见人家想起你。

他唱完坐下，恢复常态。眼前是晃动的人影，虚实相间的恭维，看得见的烟雾和看不见的尘埃，但我第一次听到的这歌词，却轻易地穿越这一切，字字句句如雨点，落在我心上。

纵然山在水在人家都在，可是，你不在。当你不在，这所有的“在”都失去了意义，偌大的这个世界，我只有孤孤单单的自己。

对爱人的情意，能让最喧哗的场合变得冷清，即使置身于人山人海，也如孑然一身。这是深情的表达，也是隆重的赞美。比这首民歌表达得更为华丽的，是《诗经》里那首《出其东门》。

出其东门，有女如云。

虽则如云，匪我思存。

缟衣綦巾，聊乐我员。

诗中的东门，在今河南新郑县，该县西南为河流流经之地，东门成了人们游乐聚会的场所。想象那是一个明媚的春日，刚升起的太阳蒸腾出丝丝缕缕的雾气，集市上熙熙攘攘，一个年轻人打这人群中走过，身边不时有花枝招展的女郎结伴而行，他熟视无睹："虽则如云，匪我思存，缟衣綦巾，聊乐我员。"

那么多美丽的女子，都不是我思念的那一个，只有淡色衣衫的你，能让我发自内心地喜悦。

这是爱情的魔力之一，它能让一个普通人瞬间获得无比强大的存在感，你原本是这样普通、这样容易被淹没在芸芸众生里的一个，一个人的爱意，将你筛选出来，让你举世无双，让你不可替代，让你变成一颗会发光的星星，超越整个世界。

这几乎是获得存在感最为快捷的方式。一般情况下，我们想突出自己的存在，并没有那么容易，只有很少人天生丽质，还有一些人，通过努力，变成程度不同的发光体。但努力到底是辛苦的，能不能成功还得看命，即使成功了，获得万众仰慕，在瞬息万变的世间，也可能瞬间成浮云，爱情，却让你一蹴而就地，变成了世间唯一。

更极端的，还有那个“苹果说”，说上帝把一个苹果一剖两半，抛进世间，爱人是我们的那另外半个苹果，如果找到了他们，就能严丝合缝。这种说法，让每一个人的存在，都更显意义重大。世上有的是比你更聪明更美丽或更英俊的，但是，没关系，就像其他所有的姑娘都穿不上王子手里的水晶鞋一样，谁也不能像你这样，与你命中注定的伴侣相亲相爱。

极端的说法，常常是迷人的，越是骄傲者，就越是执迷，比如米兰昆德拉的小说《生命中不可承受之轻》里，托马斯就将自己的爱情视为特别神奇的礼物，只能送给特丽莎。

在遇到特丽莎之前，他曾经与无数女人上床，包括跟他心意相通的萨宾娜，却不能在她们身边安睡。性事之后，他一定要与她们分开，唯独特丽莎，他可以握着她的手入眠。

特丽莎生病的时候，他守在她身边，感觉她像一个被放在树脂涂覆的草篮里顺水漂来的婴孩，这是一个危险的比喻，它不只意味着怜惜，还意味着特丽莎的出现于他，有如神迹。像《圣经》里法老的女儿抓住那只载有小摩西逃离波浪的筐子，像希腊神话里波里布思收养小俄狄浦斯，弃儿常常有惊天动地的力量，特丽莎对他而言也是这样。

他以此确认了自己的爱情，确认了特丽莎是他唯一的爱人，“非如此不可”。接下来他遇到了一个问题，那就是，这个唯一，这个“非如此不可”，这个犹如另外半个苹果一样的存在，却是由几个偶然聚合而成的，他们是这样相识的：特丽莎家乡的医院碰巧发现一例复杂的综合性神经病，本来准备前往会诊的医生碰巧坐骨神经痛，托马斯碰巧去替代他，碰巧住进了特丽莎工作的旅馆，又碰巧在离开前有些闲暇，碰巧赶上特丽莎当班，为他服务。

六个碰巧把托马斯推向了特丽莎，只要有一个落空，他们就无法相识，特丽莎也许会爱上别的人，他们的爱情，并不像他们感觉到的那样，“非如此不可”。

这种浮想联翩颠覆了我们开头提到的那些诗句与歌词，真相与我们的感觉之间，居然存在着如此大的差距。我们热诚地歌唱，虔诚地追求，一如“身是菩提树，心是明镜台，时时勤拂拭，不使惹尘埃”，真相却是“菩提本非树，明镜亦非台，本来无一物，何处惹尘埃”。看似独一无二、不可替代、非如此不可的爱情，其实是由很多偶然的元素聚会而成，完全可以像做一个化学实验一样分解开来。

爱情不是只有你我之间才会发生的神迹，它是一种际遇，是时间地点心情的风云际会，像《金刚经》所言：“一切有为法，如梦幻泡影，如露亦如电。”缘聚而生，缘散而灭，因而变化无常，知晓了这一点，就能平静地面对爱情的得与失，爱与不爱，与自己无关，爱不是赞美，不爱也不是羞辱，只是风动了，云来了，节点赶上了，你来了，或者你走了。王菲对于新欢旧爱的那种平静，是否也是因为她正是个佛教徒呢?

尽管如此，“虽则如云匪我思存”，这样的句子依然让人着迷，不错，它是幻觉，但生活中需要来点幻觉，需要在某一时刻，忘记那些坚硬的真理，明澈的智慧，让自己相信自己所感受到的，即使它狂妄、虚荣、自欺欺人，但那种迷醉感，值得将自己交付，那些言而由衷的誓言，是个人意志试图对现实存在的突围，功败垂成，不失为一种悲壮。

而智慧是自己给自己留的后手，让自己在落空之后，也因了解真相，而不至于失落。菩提本非树，但菩提也可以是树，此一时彼一时，皆是缘聚缘灭使然，既然说了不执着，那么是与不是都可。

《唐风·绸缪》

绸缪束薪，三星在天。
今夕何夕，见此良人。
子兮子兮，如此良人何！
绸缪束刍，三星在隅。
今夕何夕，见此邂逅。
子兮子兮，如此邂逅何！
绸缪束楚，三星在户。
今夕何夕，见此粲者。
子兮子兮，如此粲者何！

5. 遇见你，又能怎样

据说《绸缪》是一首与婚礼有关的诗："绸缪束薪，三星在天，今夕何夕，见此良人"。春秋时候，娶亲多是在傍晚，暮色还未完全降落，三两小星已经挂在天边，光线柔和如梦，却恍恍惚惚得让人心悸，就在这样的光景中，新郎与新娘初初相见。

“今夕何夕，见此粲者，子兮子兮，如此粲者何”，据说这是大伙儿对于新郎善意的打趣：今天是啥日子啊，你见到这么漂亮的女人，老兄啊老兄，你拿这漂亮媳妇怎么办啊?

想象彼时的情景，烛影摇红，福瑞满堂，这种人间欢悦，颇为可喜，尽管如此，我还是不觉得，这首诗只可以有一种解释。

学者们认为这段文字跟婚礼有关，是因开头有“绸缪束薪”四字，“绸缪”二字很好理解，缠绕状，亦可引申为缠绵；“束薪”也很简单，就是扎起来的柴火，学者魏源认为，它是一个比兴，古代娶嫁燃炬为烛，少不了要用干柴即“薪”，因此，《诗经》里所有关于娶妻的诗，都以“析薪”暗示。

他说得底气十足，可这个“因为……所以……”，实在有些牵强。一个有妇之夫寂寞地伐木“析薪”之时，没准就会想起自家老婆的温柔，只要他这么一动念，在魏源先生眼中，就有要犯重婚罪的嫌疑了。

为什么“束薪”不可以是实指呢，假如你早几年去过北方，或者干脆就是个北方人，一定会对北方原野上那些露天的柴垛留有印象。束薪二字，可不可以只是为了制造出一种现场感，让我们不难想象，在那个于史无载的黄昏，在谁家沉静的柴垛前，在三两小星的注视下，起初不经意的他和她，猝然间打了个照面。

我们每天都要见到那么多人，抬头不见低头见，偶有搭讪与寒暄，转眼就忽略不计。若是有人让你惊疑于这场“遇见”，让你有一种需要追根究底的不真实感，一定是这个人身上具有的某种化学元素，改变了“遇见”的形态。

“今夕何夕，见此粲者。”这是内心的欢喜在呼喊。在见到你以前，没有任何预兆，我像往常一样，准备度过一生中无数平常日子里的一个，清晨、正午、黄昏，这一天眼看将尽，我却在这光阴的拐角处，在这平凡的柴垛前，遇见你。

说起来是如此的轻飘，不过是两个人凑巧走到此处，抬抬脚的事情，可是在人生里，却是那样的不容易。几米说：“我遇到猫在潜水，却没遇到你。我遇到狗在攀岩，却没遇到你。我遇到夏天飘雪，却没遇到你。我遇到冬天刮台风，却没遇到你。我遇到猪都学会结网了，却没遇到你。我遇到所有的不平凡，却遇不到平凡的你。”

潜水的猫、攀岩的狗、夏天的雪花、冬天里的台风，乃至会结网的猪，都是身外之物，而你，却是一直盛放在我心中的那个人，好像一颗深埋已久的种子，在这一刻突然生根发芽结蕾绽放，一个“粲”字，传达出那种不可方物的光华。

假如这遇见的背景，是刚刚进入的大学，或者，是初次报道的新单位，或者，再庸俗一点，是父母长辈安排的相亲宴，这个故事，都有延续下去的可能，“遇见”是一个序曲，后面更有轰轰烈烈的情节可以期待。

可惜，都不是。他们唯一的时间参照，是三两小星，唯一的空间参照，是齐整的柴垛，这空旷的背景，固然使彼此的恋慕更加单纯，却不具备持续发展的可能。

换成现代社会，有点像地铁站台的邂逅，当地铁缓缓驶来，隔着玻璃窗，你与对面的男子或女子四目相对，内心惊动，但又能怎样，你上去，他（她）下来，犹如相逢于黑暗的海面上，擦出耀眼的火花，再重新投入到人流汹涌之中，消失于对方的生命里。

这样无根无由的爱意，多么让人无奈：子兮子兮，如此粲者何？那是一个没有答案的自问，一种没有出路的追索，“遇见”作为一个奇迹已经发生，可是，奇迹之后呢？纵然是如此幸运地遇见这样一个你，我又能怎样？

以善写情诗著称的李商隐，有一首非常著名的《无题》：

昨夜星辰昨夜风，画楼西畔桂堂东。

身无彩凤双飞翼，心有灵犀一点通。

隔座送钩春酒暖，分曹射覆蜡灯红。

嗟余听鼓应官去，走马兰台类转蓬。

“身无彩凤双飞翼，心有灵犀一点通”一句，过于光彩夺目，以至于人们只注意到相爱者之间的心领神会，忽视了那个暗哑的尾声：心有灵犀又如何？最终仍是“嗟余听鼓应官去，走马兰台类转蓬”。听鼓应官，类似于上班打卡，心有灵犀的浪漫，抵不过庸常的生活，他早就认了，他把她丢在那个夜晚，就此别过。

总有许多的原因，使得有情人无法终成眷属，让隆重的开始，没有同样隆重的收稍，我过你眼，经你心，却，不能与你在一起。是有一些勇者，无所畏惧，愿意付出一切，战胜万千险阻，若有这个态度，肯定是能够在一起的，但我们——尘世里的大多数人，没有这样的勇毅，即使遇见让内心起大惊动的人，也还是茫然地，不作为地，任命运将他（她）带走，最多留些微记忆。

相对于李商隐笔下的随波逐流，《绸缪》要不甘心一点，有一个挣扎的过程，从最初的“如此良人何”，到接下来的“如此邂逅何”，再到最后的“如此粲者何”，惊喜的成分逐渐减少，无奈的成分逐渐加重，犹如越来越浓的夜色，苦涩沉重起来。

只短短一个黄昏，诗中人经历了人生里的大悲大喜，他终于遇见了那个人，也终于放弃了那个人，是的，在这世间，遇见很难，但还有比“遇见”更难的东西，是可以相互陪伴。

《郑风·东门之墠》

东门之墠，茹藘在阪。其室则迩，其人甚远。

东门之栗，有践家室。岂不尔思？子不我即！

6．他离你到底有多远

如今登徒子已经成了好色之徒的别名，但在我看来，他有点冤，他既没有偷香窃玉，也没有婚内出轨，他所以落下这个名头，完全是被宋玉栽上去的。

但是呢，他也有点活该，谁让他先去告人家的状呢。他这么对楚王说：宋玉这个人，长得不错，能说会道，又很好色，大王不要老带他到后宫去。

楚王就去问宋玉，这是怎么回事啊？

宋玉说，长得帅不是我的错，能说会道那是老师教的，至于好色，纯属无稽之谈。天下的美女莫若楚国，楚国的佳丽莫若俺们家乡，俺们家乡最美者，就是我家隔壁的那姑娘。这姑娘啊，增之一分则太长，减之一分则太短；著粉则太白，施朱则太赤；眉如翠羽，肌如白雪；腰如束素，齿如含贝……她趴在墙头上看了我三年，我都没搭理过她。而登徒子呢，他老婆蓬头垢面、龇牙咧嘴，弯腰驼背，还有疥疾和痔疮，他都能跟她生三个儿子，这到底是谁好色啊？

宋玉果然是个伶牙俐齿的人儿，不但楚王就此相信了他，跟自家老婆而不是别的女人生了几个儿子的登徒子，还成了好色的代表。是非曲直咱也不用在这儿细辨，以我惯有的八卦之心，我更关心的，是住在宋玉家隔壁的那个姑娘。

她可能并不存在，宋玉吹了一个大牛，但我宁可信其有。一个女子登墙三年是有点夸张，可是，我读中学的时候，确实曾被女同学拉着，跑到教室宿舍楼下，遥望某年轻英俊男教师的窗口，那一团暖黄的光晕，让我感怀至今。

不过我那女同学也是偶尔为之，这段少年情愫，随着毕业烟消云散了，而宋玉的东邻之子那么有恒心，有耐心，可见够痴情。可是她的痴情和她的美，对于宋玉都无效，他就是不愿意搭理她，她对他的意义，仅仅是作为一个证明自己不好色的事例，在众人面前援引——可见他对她的感情是多么不尊重。

从表面上看，他们只隔着一截矮墙，她都能看到他的身影，听到他的声音，但是当他不爱她，哪怕他们之间只有0.01米的距离，还是天各一方。

“其室则迩，其人甚远”，《东门之墠》里这句仿佛很淡然的诗，背后有太多的隐痛。我离你那样的近，却如同生离死别。纵然能够两两相望，眼睛与眼睛之间，却隔着命运的山高水长，即使我努力地伸出手去，我的指尖，仍然无法触到你。

曾经怜惜李商隐的孤单：“红楼隔雨相望冷，珠箔飘灯独自归。”在唐朝的风雨里，他望着那女子的窗口，望了很久很久，还是得一个人挑着灯笼归去。不知道他能否再腾出一只手，给自己撑伞，就算撑了，也会溅一身的雨意吧？不过，那个女子一定跟他心有灵犀过，虽然也是“其室则迩，其人甚远”，但只要心曾靠得很近，也就不是那么远了。

有诗人说：世界上最远的距离，不是生与死，而是我站在你面前，你不知道我爱你。有人说：“世界上最远的距离，不是生与死，而是我站在你面前，你不知道我恨你。”我也来凑一下热闹吧：世界上最远的距离，不是生与死，而是我站在你面前，你知道我爱你，而你偏不爱我。

曾经在网上追过一个帖子，那个女孩把她开的帖子，当成了一个树洞，以连载的方式，不管不顾地讲述她对一个男同事的暗恋。她注意他，窥视他，用尽心机，一言一行都有伏笔，我看了虽然觉得很多地方都是她的自说自话，但还是为一个“熟女”既世故又幼稚的单恋感动。

很多人追看、跟帖、祝福、打气，恨不得揪过那男生，要他去爱她。那个帖子的点击率后来攒到了十几万，跟帖也有几千，实在太火了，终于有一天，她上线来，说，他已经看到了，据说是用手机上网，在被窝里，看了一夜。

那么，他怎么说？这是大家最关心的问题。她说，他什么也没说。

其实，这就是答案了。他不爱她，尽管他会花一夜的时间读她的爱情，被她深刻地感动——只要不是铁石心肠，谁会不感动呢？可是，他是那种太清楚自己的男生，不爱就是不爱，感动也能令人心潮澎湃，他懂得把它和爱情区别开来。

她是彻底的没指望了。他离她最近的时刻，是他阅读那个帖子的时候，但那同时也是他们最终的告别，在彻夜读完她的心思之后，他仍然确定自己不能爱她，那才是远到无极限。懂得，在许多时候，都是分道扬镳的开始。

宋玉隔壁的那个姑娘，她知道她的窥视都被他尽收眼底吗？知道他早就对她的心思心知肚明吗？我希望她不知道，那样，好歹还有一个美好的念想，或是，一个美好的梦。

《东门之墠》的结尾是一句嗔怨：岂不尔思，子不我即。我怎么会不思念你？可你不来找我有什么办法？你可以理解成半带撒娇的委屈，也可以理解成梦想破灭的苍凉，区别之在于，说这话的人知不知道：对方是否了解自己的爱，他离自己到底有多远。

《秦风·蒹葭》

蒹葭苍苍，白露为霜。所谓伊人，在水一方。溯洄从之，道阻且长；溯游从之，宛在水中央。

蒹葭萋萋，白露未晞。所谓伊人，在水之湄。溯洄从之，道阻且跻；溯游从之，宛在水中坻。

蒹葭采采，白露未已。所谓伊人，在水之涘。溯洄从之，道阻且右；溯游从之，宛在水中沚。

7. 恋人永远在远方

琼瑶阿姨是比于丹女士更加资深的“文化奶妈”，她长于在小说里化用古诗词，将那些遥远的字句，通过一桩桩情事带出。这是一项双赢的事业，既为她的小说增光添彩，又普及了古典文学，我那位酷爱琼瑶小说的表姐，就因此背得许多的古诗词。

我特别喜欢的，是化自《秦风·蒹葭》的《在水一方》。歌词道：“绿草苍苍，白雾茫茫，有位佳人，在水一方……”，它也没说什么情啊爱啊的，却比那些更有味道，用我们当时很流行的一个词，叫做隽永。

长大了将《在水一方》与《蒹葭》放在一块看，大致相仿，有小差别，《蒹葭》的原句是：“蒹葭苍苍，白露为霜。所谓伊人，在水一方”。

蒹葭是初生之芦苇，在水边连成了片，白露为霜点明是清寒的早晨，该有青灰色的雾在这一切之上轻轻弥漫。这景象当然不如绿草白雾那样色彩浓郁，但烟云水气，是黑白片的苍茫与距离感，那位在水一方的“伊人”的存在更显迷离仿佛，顺理成章地带出这句：溯洄从之，道阻且长；溯游从之，宛在水中央。

生活在别处，恋人在远方。陕北民歌云：墙头上跑马还嫌低，面对面睡着还想你。这都面对面睡着了，居然还想你！恋爱中人对于亲密度的追求是无穷无尽的，他不能容忍哪怕一丁点儿的距离。

《红玫瑰与白玫瑰》中的那个英伦玫瑰，与振保吻别：“紧紧地吊在他的脖颈上，换一个姿势，再换一个姿势，不知道怎样才能贴得更近一点，恨不得生在他身上，嵌在他身上，振保心里也乱了主意，他做梦也没想到玫瑰爱他到这个地步。”

她爱他到那个地步，才会那样努力地去挤压空隙，取消距离，可是，人跟人怎能亲密无间？再相爱，也只是让距离“无限小”而已。“面对面睡着”的人，身体与心都那么近，还是有距离存在，像十几床鸭绒被下的那颗豌豆，硌得人大不自在。

对于路人甲，有点距离是对的，没有才不对。爱得太深，才会觉得隔山隔水。你想要了解他的一切的急迫与冲动，放大了他身上的未知之处，越想消除距离，那距离越突出，了解他越多，越觉得有更多的不可知。瞻之在前忽焉在后，你困囿于其中，便有了“溯洄从之，道阻且长；溯游从之，宛在水中央”的晕眩。

现代诗曰：“你一会儿看云，一会儿看我，你看云的时候，离我很近，看我的时候，离我很远。”我理想这首诗所言，应该是那样一种感觉：当你看云的时候，我还可以在一定程度上，觉得你是一个熟悉的“他人”，从你“看云”的目光找到共鸣和懂得；当你掉过头来，与我四目相对，爱恋突如其来，压倒了所有的理性，那时我仅仅作为你的恋人存在，只感到从我到你的距离，他们也许觉得不长，我却觉得很远。

什么是远，什么是近？都在于爱者的感觉，你的双眸，就在我眼前，你的手，就在我手中，我还是无能为力地感到那“在水一方”的“远”，纵然溯游从之，你依旧“宛在水中央”。

《召南·草虫》

喓喓草虫，趯趯阜螽。未见君子，忧心忡忡。亦既见止，亦既觏止，我心则降。

陟彼南山，言采其蕨。未见君子，忧心惙惙。亦既见止，亦既觏止，我心则说。

陟彼南山，言采其薇。未见君子，我心伤悲。亦既见止，亦既觏止，我心则夷。

8．一个人的天灾

女友S说过一个故事，她读书的时候，和一个她喜欢的男生通信，每天她都做好再也收不到他的来信的准备，想象连接他与她的信箱旁，有一个顽劣的小男孩走过，没心没肺地，向信箱里投进一根划着的火柴。太紧张，才会冒出这么有创意的念头，这百万分之一的可能，却会被她当成现实，因之深深地绝望。

这感觉，也许每个恋爱过的人都曾体验过，在别人看来云淡风轻的日常，在恋爱的人心中，却有无数的起承转合。每一个环节，都被分解成无数细节，每一个细节里，都可能隐藏着足以颠覆一艘泰坦尼克号的风暴。

这首《草虫》，就极其生动地，写出了恋爱中人的紧张感，那种无法与人言说的七上八下：“喓喓草虫，趯趯阜螽。未见君子，忧心忡忡。亦既见止，亦既觏止，我心则降。”草丛里的蝈蝈儿叫个没完，不时蹦出一只蚱蜢，没有看到那个人，让我怎能不忧心忡忡，假如能够看到他，假如真的能够看到他，我的心才能够降落下来。

这个南山坡上采野菜的女子，从那平静的容颜上，你看不到有风暴在她内心迭起，从“未见君子，忧心忡忡”，到“未见君子，忧心惙惙”，再到“未见君子，我心伤悲”，内心的隐忧层层升级。

“忡忡”是些微的疑虑，“惙惙”是巨大的不安，到了“伤悲”，则是沉重的绝望，一个也许并不漫长的时间段里，她的内心跌宕起伏，兵荒马乱。

在某些注释者眼中，这样忧伤的感情，总该有些缘由，所以他们假设她是与爱人分离已久，不能相见。然而，我看这不可自抑不可把握的感情，不像是山长水远的想念，那种感情，节奏要更慢一点，更悠长一点，感情被拉扯成了一首长调，再伤感，也可以从容道来。而这首诗，一连几个“我心……”，让我感到的，是一种被什么摄住的窒息感，世界无限广阔，她却无可选择，大脑空白，呼吸停顿，日常杂念皆向后隐遁，她紧紧地抓住一个念想，就是要见到他。

除了见到你……只能是见到你……一种梦魇般的慌乱紧张，“看见你”是唯一的救赎之道。当我开始爱，就再也没有自由而言，我的命运在你的手上，而你的手，在我看不见的对岸。这世界无边无际，本来就像隐藏着无限的风险，当我看不见你的手，你的脸，世界就会变成一个巨大的旋转着的黑洞，那种不可知与不可能让我恐惧。

和S的故事相同，《草虫》中亦未有任何凶险的预兆，上一次分别时，他的笑容温暖如昔，她恐惧，只是因为她珍惜，因为她感到决不可以失去，世间最大的安全感是，预先做好失去的准备，可是，我决不可以失去你。

不需要外力给予的不幸遭遇，爱情本身就像一场天灾，像地震，像洪水，像泥石流，一路追击，把人变小变惊惶变无助，爱情，让太平盛世也像乱世。回看这首《草虫》，本该是一个和煦宁静的春日，草长莺飞，卉木萋萋，蝈蝈在暗处弹琴，蚱蜢不时跳出来撒个野，不管是赴约而来还是不期而遇，那个人都应该即将出现在她面前，可是，她的内心，却风云诡异。

他来与不来并不那么重要，这首诗着重说的，是她那一瞬间毫无理性的倾斜，在爱情的洪荒里，明晃晃的青天白日下，她抬起头，突然就没了信心，那个人，犹如戈多，永不到来。她感到他不到来，是因为她把他的到来看得太重要。

《鄘风·蝃蝀》

蝃蝀在东，莫之敢指。女子有行，远父母兄弟。

朝隮于西，崇朝其雨。女子有行，远兄弟父母。

乃如之人也，怀婚姻也。大无信也，不知命也！

9. 爱你这事儿没商量

打小很喜欢一首歌，有点陕北民歌风，叙事感很足：

我为你备好钱粮的搭兜

我为你牵来临行的牲口

我为你打开吱呀的后门

我为你点亮满天的星斗满天的星斗

……

我和你今年咱俩是兄妹

我和你明年睡一个炕头

不管丢人不怕羞

叫声哥哥你带我走

一看就知道，歌里面的这个女子，准备跟她的心上人去私奔了，他们将穿过长长的夜路，翻越一个个山头，去看东边的日出。整首歌充满着浪漫的革命乐观主义精神，让人替他们热血沸腾。

受了这些民歌的影响，我一向对“私奔”一词怀有好感，没有什么比它更能体现个人意愿，体现爱情的自由与强大。但是，随着年龄的增长，对于世界的另一面有了更多的认知，我想，私奔的男女，未必如这首歌里表现的那么快乐。毕竟，私奔这事儿风险挺大。

别说私奔，就是三媒六聘明媒正娶，都有着风险。离开父母亲人和熟悉的庭院与灶台，去做人家的媳妇，过人家的日子，天知道会遇到什么样的丈夫、公婆、小叔子大姑子，完全是听天由命的，自己无法控制。

过去有哭嫁的传统，它不但体现女子对娘家的依恋，还发泄了女子内心积攒的惊惶，要通过这一哭，将“婚前恐惧症”排遣出去，然后振作精神，打点勇气，面对即将到来的一切。

经过明媒正娶一系列礼仪的女子，到底还有娘家以及社会道德做后盾，婆家再陌生，过的也是跟娘家差不多的日子。私奔的女子，没有这些保护，她做了家庭与社会的叛徒，对于她的家人，这是一件讳莫如深的丑闻，全家人脸上都灰灰的，用娱乐新闻里的词，叫做“黑口黑面”，假如她遭遇了风险，他们不可能理直气壮地来搭救她，就算有这个心，也够不着。

在我父辈的乡间，我屡次听说过私奔者的下文，是有赚得钵满盆满衣锦还乡之士，但大多数，都混得灰头土脸的。若是能够双双归来还好，更有一些人，落得形单影只，爱如烟花，只开一瞬，熄灭之后，只剩自身。乡间对男人比较宽容，允许他们做一个金不换的浪子，而那些女孩子，命运的河流就此改道，她们成为乡间的异类，失去过安全和安宁生活的可能。

没有谁是天生勇敢的人，走上私奔路的那一刻，那些女孩子不可能想不到这些，纵然激情满怀，也压制不了铤而走险带来的颤抖。

这首《蝃蝀》在我眼里，就是这样的一次颤抖——“蝃蝀在东，莫之敢指。”

蝃蝀，指彩虹。彩虹出现在东方，本是优美的景象，但在古人眼中，却有不祥之感。朱熹解释为“日与雨交，倏然成质，似有血气之类，乃阴阳之气不当交而交者，盖天地之淫气也。”我觉得《诗经》那个时代倒不见得想得这么复杂，只是，当时科学知识有限，人对天地存有敬畏之心，惧怕这美丽而不常见的事物，也是不难理解的。

在女孩子私奔的这个早晨，一条彩虹出现在天边，她听说过这是不祥之兆，不可以对它指手画脚。她本来就已经心惊胆战，这条彩虹更加重了她的心理负担："女子有行，远父母兄弟。"不能说她怀疑那条彩虹的出现和自己的行为有直接的关系，但毫无疑问，她的不安感更重了。

彩虹一般出现在雨后，这场雨下了很久了，天刚亮就开始下，现在已是早饭时候。雨天会影响人的心情，会让人变得怯懦和不自信，迈出的每一步都是那么泥泞，她心里反复念叨的还是那句话："女子有行，远兄弟父母。"

接下来有了更加严厉的指责："乃如之人也，怀婚姻也。大无信也，不知命也！"——怎么会有这样的人啊，一心想着自己的婚姻，丝毫不管信义廉耻，也不管天命什么的了。

通常把这句诗解释外界对女子行为的谴责，但我更愿意理解为她内心的自责，当她关上了家中的院门，当她冒着细雨匆匆而行，当那条艳异的彩虹挂在天上，她的心灵已经到了崩溃的边缘。她无法判断自己是否正在犯下致命的错误，是否辜负了亲人也辜负了命运，是否已经成了传说中的坏女人。她在心中用最难听的话来骂自己，只有这样，才能让自己好受一点。一张看不见的网罩在她的脸上，这个正在奔赴爱情的女子的容颜，显得支离破碎。

但即使是这样，她的脚步仍然在朝前迈进。她明知道前方险象环生，知道这行为将会给包括自己在内的很多人造成伤害，却没有办法中止。爱情就是这样，你被一个人拿下了，就想跟他在一起，你骂不醒自己。

许多年前，我在乡下亲戚家小住，有天晚上，一个中年男人来串门，说起当年带着女人私奔的事，他口气平淡地讲，那时候，就觉得，就得在一起，这是没商量的。

这就叫“爱你没商量”吧。没商量并不意味着像个鸵鸟一样，关闭眼睛和心灵，忘掉世俗规则、舆论喧哗、难以割舍的亲情，以及对于安全与安宁的诉求，而是，我明明比谁都知道有这一切，被这一切拖着，羁绊着，仍然无法中止迈向你的脚步。

我要和你在一起，我只能和你在一起，这事，没商量。

《卫风·木瓜》

投我以木瓜，报之以琼琚。匪报也，永以为好也！

投我以木桃，报之以琼瑶。匪报也，永以为好也！

投我以木李，报之以琼玖。匪报也，永以为好也！

10．真爱就是不问值不值得

美男子潘安，是晋朝最著名的小鲜肉，每回上街都会造成交通阻塞，满大街的女人们，甭管是妙龄少女还是半老徐娘，乃至老眼昏花的老太太，都会停下手中的活计，手拉着手，围着他转圈，朝他车里扔水果。

这场面，很喜感也很疯狂，作为彼时平民偶像大众情人的潘安，还能否保持玉树临风的姿态？强作从容的脸上，当有几分啼笑皆非的尴尬，以优越打底的无奈吧？

他的发小张载很艳羡，也跑到大街上转悠，结果一个小酸枣没捞到，倒招来顽童的一堆板砖，只得“委顿而返”。唉，谁让小张同学生得太早，来不及听到那句话：长得丑不是你的错，跑出去吓人肯定是你不对了。又可见，早在古代，外貌协会就已是一个庞大的组织，连小屁孩们都是它的会员。

更多的男人，没有潘安那么幸运，老少通吃，也不像张载那么倒霉，人人喊打，他们默默无闻地走在大街上，但在长街的某个拐角，没准就会跟谁对上眼神，接过一双玉手递来的青瓜或梨枣——以瓜果传情达意，在中国古代社会历史悠久，早在《诗经》里就有文字记载了。

《诗经・木瓜》曰："投我以木瓜，报之以琼琚。匪报也，永以为好也！"朱熹释诗，说是"言有人赠我以微物，我当报之以重宝，而犹未足报也，但欲长以为之好而不忘也。疑亦男女相赠答之辞"。相对于"美桓公也"之类的牵强，这解释已经进步很多，但我还是只能同意最后一句，而不能同意所谓的以"重宝"报"微物"。

"报之以琼琚"的"报"，是回应，"匪报也"的"报"，是回报，诗人说得很清楚，纵然以琼琚回应木瓜，亦不是为了回报，而是"永以为好也"。木瓜抑或琼琚，都是情意的载体，并无太多区别，当然说不上什么"报"或"不报"的话。朱熹所言以"重宝"报"微物"，眼里只有木瓜与琼琚的身价，未免把那份情意看得太轻，买椟还珠了。

倒也不能说朱熹俗气，"投我以桃，报之以李"，也是人际交往中基本的法则。比这个再高级一点的，是“滴水之恩，涌泉相报”，回报严重大于当初的所得，还是划算的——多出来的那一部分，是为知恩图报的美德埋单。

能这样，就算是君子了，但我还是嫌那种交往太紧张，收到对方的好意，来不及感怀，就要想到回报，内中有口不能言的设防。回报，不但是一种美德，亦是一个简洁的手势，要把对方刚刚发出的情意，在一来一往间结束掉。某些时候，看上去最领情的人，其实也是最无情的人。

而《木瓜》里说得多好：“匪报也，永以为好也。”是一种绵绵无期的念想，一种又天真又松弛的期待，看上去很简单，在世间却很珍稀，不是因为吝啬，而是因为紧张，我们总是不容易相信对方的感情，又担心自己的感情被对方赚了去，物质损失还在其次，我们更加不愿意的，是被对方暗笑为一个孱头。

曾听人说过一个段子，有一款爷，有点像《北京遇见西雅图》里面的王志文，愿意在女人身上花俩钱儿，厮混一阵子了事。不想那次，他遇上的那美女比较有脑子，拿到钱没有立即跑去血拼，而是向高人请教。高人说，这些钱，穷不了你也富不了你，你不如拿它做件大事。美女听从了高人指点，买了个礼物回赠给款爷。款爷万花丛中过，钱花出去多半连个响声也听不见，冷不丁地就感动了一回，将美女升级为正式的太太。说段子的人评价：从此这美女就算落了停了！

美女回赠的礼物，就其物质价值，不值什么，却说明了美女不慕钱财，更说明美女对自己的深情厚谊，这是款爷以前没收到过的“木瓜”，他感动到报之以婚姻的“琼琚”，想“永以为好也”了。若他知道，这本来就是个“木瓜换琼琚”的案例，背后有策划大师支招，会不会悔断肝肠？便是我这局外人听了，也由不得悚然。

人心似海，总有些想以两“博”千斤的主，利用信息不对称谋取暴利。久之，人人都变得警醒，从身体到心，都跟他人保持距离，这种距离感是如此深刻，连真爱都无法将其消弭。

池莉的小说《来来往往》中，康伟业与林珠也算轰轰烈烈地爱过一场，她送他一只玉佩，他送她一套房子，那时节，他们只想为爱付出。这段爱最后曲终人散，林珠远走他乡，康伟业发现她连房子都已卖掉，虽然当初说好了是送她的，但她真这么做了之后，他心里却很不是滋味。

不是心疼那套房子，而是随着那套房子被变现带走，猜疑的裂痕突然呈现，他怎能确定，她真的爱过他这个人？当年如醉如痴之际，将尘世规则一概放下，待到一转眼，物是人非，那爱情恍若一场幻梦，真金白银却清晰如砥。

之后的康伟业，便只是逢场作戏了，明码标价，决计不吃暗亏。这不只是生意人的精明，还有受伤者的自我保护。行走江湖，真心难以完好无损，伤了几次之后，就舍不得老拿出来了，即使遇到貌似可以付与真心的人，也会打量了再打量，一旦起了打量的心，疑窦就一定会生出来。

然后就只能接受，张衡《四愁诗》里的那种交换了：

美人赠我金错刀，何以报之英琼瑶。

美人赠我琴琅玕，何以报之双玉盘。

美人赠我貂襜褕，何以报之明月珠。

美人赠我锦绣段，何以报之青玉案。

虽然我不知道金错刀和英琼瑶价值几何，不过听上去金碧辉煌的，比木瓜换琼琚靠谱，就算有朝一日一拍两散，基本上收支平衡，不用怀疑自己在物质和感情上都吃了亏。

说起来比较完美，但“美人”也不是傻子啊，哪会无缘无故先送你一个金错刀，其次，怎知那金错刀就不是赝品？不错，你是可以拿去请专家鉴宝，可有多少感情就经得起这辗转路途上的流失，就算最后确定那是一只正品的金错刀，可以掏出英琼瑶了，一场感情的呼喊与回应，早已变成以物易物的交易，张爱玲说，真爱就是不问值得不值得，一问，就是错。

因此，对于《木瓜》里那位“很傻很天真”的主人公，我有着不可企及的羡慕，羡慕他的内心有一种力，使他无视俗世里的交易法则，保持孩子式的漫然，随心所欲，选择最近的路途，直奔主题。而包括本人在内的其他人，却挣扎在俗世的网中，南辕北辙，左突右冲，手持琼琚，无人可送。

执——手

《邶风·击鼓》

击鼓其镗，踊跃用兵。土国城漕，我独南行。
从孙子仲，平陈与宋。不我以归，忧心有忡。
爰居爰处？爰丧其马？于以求之？于林之下。
死生契阔，与子成说。执子之手，与子偕老。
于嗟阔兮，不我活兮。于嗟洵兮，不我信兮。

1．我一定要对你说出这誓言

我年轻的时候，是个富有罗曼蒂克精神的人，喜欢强调自己的某种爱好，比如说，喜欢陕北民歌，这爱好当然有益无害，我的问题是，同时还喜欢把这一爱好告诉别人。

是高调了一点，好处也有，有时会遇上同好，还有一次，遇到一个陕北人，他告诉我，陕北民歌大部分都有所本，像那首《三十里铺》，时间地点人物事件都是真的：

《三十里铺》这样唱道：

提起个家来家有名，家住在绥德三十里铺村，四妹子爱上个三哥哥，他是我的知心人。

四妹子今年一十六，三哥哥今年一十九，人人说咱二人天配就，你把妹妹闪在半路口。

叫一声凤英你不要哭，三哥哥走了回来哩，有什么话来你对我讲，心里不要害急。

洗了个手来和白面，三哥哥今天上前线，任务定在那定边县，三年二年不得见面。

时间：解放前，地点：绥德县三十里铺，人物：四妹子凤英和她的三哥哥，事件：相爱的人即将别离。

没有泉水叮咚的铺陈，也没有指东道西的扭捏，陕北民歌的表达向来单刀直入，直切你的神经末梢："青羊上树吃树梢，舍身亡命和你交"、"墙头上跑马还嫌低，面对面睡着还想你"，这样的爱情，如锋刃相交，无可躲避，那么好吧，就让我以性命迎上去，激情之外，更有真实打底。

我听过的陕北民歌里，最为真实的，莫过于这首《三十里铺》，假如别的民歌算是文艺片，这一首，则是纪录片，听着它，总能回到许多年前的那个时刻，腰鼓舞得正欢，红旗迎风招展，解放区的天是蓝蓝的天，在这尘土飞扬的欢腾场景中，一个女孩子黯然退出，低下头，慢慢走，一种无能为力的哀伤，在她心头渗开。

“洗了个手和白面，三哥哥今天上前线”，她是要为他饯行吗？在那个时代里，难道有这样一个开放的空气，两情相悦的男女可以公然表达？“任务定在那定边县，三年二年不得见面”，也就是三年二年而已，并不是不可以期待，为什么会伤感到“你把妹妹闪在半路口”？恋爱固然只争朝夕，但她除了不舍，似乎还有一种对于未来的茫然乃至绝望。

许多时候，爱情不是一个可触摸可把握的东西，它太容易为造化所弄，大至战争和遥遥在望的功名，小至一个念头的改变，总有这样那样的事，让爱情落空。

《十八春》里，曼桢和世钧彼此相爱，她手上已经戴上了他送的戒指，看上去一切都甚为妥当，只是一夜之间，命运便让可以窥见的未来灰飞烟灭，他和她各行各路，许多年后再见面，拥抱之后，也只能叹一句“我们再也回不去了”。

《红楼梦》里那个慈祥又糊涂的薛姨妈，说起姻缘亦有高见：这一件事都是出人意料之外，就算父母本人都愿意了，或是年年在一处的，以为是定了的亲事，若月下老人不用红线拴的，再不能到一处。

所谓月下老人的红线，正是个人意愿无法左右的命运，它永远是一种隐隐的威胁，巨兽一般，蹲在爱情的上方。所以相爱的人，一定要守在一起，有你的手在我手中，有你的眼眸在我眼前，我才能忘记之外的一整个世界，包括，那种惘惘的恐慌。

可是命运棋高一着，它善于制造分离，让恐惧乘虚而入，将你的心，重新摄入掌中。

千百年前，在河南汤阴一带，亦有人唱过同样的心情，《诗经·邶风》的这首《击鼓》，跟《三十里铺》情节极为相似：击鼓其镗，踊跃用兵。土国城漕，我独南行。从孙子仲，平陈与宋。不我以归，忧心有忡。

诗里的男子，也是要从军而去，别人被指派在家乡修筑工事，他却要跟一位名叫孙子仲的将军远征南方。背井离乡的苦楚尚可忍耐，“与心爱者不能分离”之痛怎堪忍耐？面对看不见的未来，他有这样的誓言：死生契阔，与子成说，执子之手，与子偕老。

契是聚合，阔是离散，死生聚散，这样的大事，我们确实是做不了主，但是，不管怎样，我都要说，执子之手，与子偕老。

我仿佛看到这男子脸上哀恳的表情，与其说是承诺，不如说是宣言，不是说给心上人听的，是说给自己，说给命运听的。它其实是一个挑战书，是渺小的人类，咬紧牙关，攥紧双拳，含着热泪，对于庞大的君临一切的命运的无畏挑战。

不错，你有能力翻云覆雨，有能力制造生离死别，可是，我还是要说，我要和她在一起，永远永远不能别离！

《三十里铺》里的三哥哥，说得没这么狠，但也有他一种自信：叫一声凤英你不要哭，三哥哥走了回来哩。面对着哭哭啼啼的情人，他要她鼓足勇气，相信人定胜天：我必归来，与你同在。

不过他的安慰似乎并没有起到什么效果：三哥哥当兵坡坡里下，四妹子崖畔上灰塌塌，有心说句知心话，又怕人笑话。

他们的剧情到这里就结束了，我理所当然地以为，有情人终成眷属，当我听说，在半个多世纪之后，还有可能见到当事人，亲眼见证这一经典爱情故事的结局，以我好奇八卦的天性，超强的行动力，以及善于煽风点火的抒情本能，不蠢蠢欲动是不可能的，于是，2000年的夏天，我第一次独自出门远行，陕北绥德，就是我的目的地之一。

那个阳光亮白的午后，我在绥德三十里铺下了车，除了公路边有个“三十里铺”的界石，我找不到任何传奇的蛛丝马迹。路边上山的入口，几个闲坐的人正在看着我，索性走过去，打听凤英和她的三哥哥的所在，却听到这样的消息：凤英嫁到黑家洼去了，三哥哥郝增喜早就死了。

不由一惊，再问难道凤英没有跟郝增喜成亲？回答说，没，郝增喜走后一年凤英就嫁了，郝增喜一辈子没有结婚。

我便去了黑家洼。当出租车拐进上山的路，我才深刻地理解鲁迅先生那句话：世界上原没有路，走得多了，就有了路。这条被“走”出来的路，一边贴着黄土坡，一边临着山沟沟，当车子随着雨天轧出来的坎儿剧烈颠簸时，我紧紧抱住前面的椅背，并坚信是我这样勇毅的举动，维持了整个车身的平衡。

跟村头男子打听凤英家在哪里，他随手一指，支支吾吾，让我一头雾水，问他能不能带我去，他连说不敢。陕北的不敢，有“不能”的意思，以为他有事在身，只得懵懂地朝他潦草指出的方向走去，走了一截路，上了一个坡，坡上是块菜地，三个女人蹲在那里种菜。

我问，请问哪位是凤英老太太？一个女人抬起头，警惕地看着我，说，你找她干什么？我怎么说呢？喜欢那首民歌，就想看看她？突然觉得自己很无聊，但也只能这么说了，那女人说，她不在，你下去吧！

这女人的年龄看上去很是模糊，而且她又那么严厉，我猜她就是凤英，便一个劲儿跟她厮缠。就在这当儿，有个女人悄悄地翻到坡那边去了，后来我才意识到，她可能才是凤英本人，而这时，我还在不无委屈地应对眼前女子的驱逐。失望加上一路的惊吓，可能还有点想引人怜惜的作秀，我几乎就要哭出来了，旁边的女子看不过眼了，说，孩子，她是凤英的女子，人家不愿意让你看，你就走吧。

既然已经说破，凤英的女儿索性爆发开来，她说得很快，我听不大明白，只听出中间不断重复一句话：俺娘是正经女子，俺娘是有儿子的人。又说，你赶快走，俺哥在下面看着呢。

我顺势看过去，果然，在坡下面，一个男子戒备地回头望向这边。

也只能下去了，但上坡容易下坡难，那沙土一踩一松，很是惊险，还是边上的女人，赶紧上来搀住我，又悄声说，凤英为这事，不知遭了多少艰难，一个儿子都四十多岁了，还没成家哩，俺这地方的人，讲究名誉。

原来，我们以为是美丽的传奇，对于当事人，却是一次又一次被揭起的痂疤，在这样的环境中，我能够理解凤英的失信了，她不是信不过他，而是信不过命运，死生契阔的誓言，挣不来一个现世安稳。

再想那《诗经》里的男子，他有没有与心爱的女子白头偕老？炽热的美丽的爱情，总是诱使我们对它做善意的期待，然而，有诗云，可怜无定河边骨，犹是金闺梦里人——无定河正好流经绥德一带，这无定河边的无名白骨，没准也曾是某个女子梦萦魂牵的伟岸背影，在她心中，他独一无二，“如可赎兮，人百其身”，可是你跟命运这样说理？太拿自己当回事了吧。

假如誓言无法兑现，那么，眼含热泪郑重发誓的人，岂不是可笑而又可怜？不，起码，他们没有认输，没有轻易地臣服于命运的淫威之下，就像那个推着石头上山的西西弗斯，他不停地推，那石头太重了，不停地滚下来，诸神认为，没有比做这种无效劳动更为严厉的惩罚了。

但是加缪不这样看，石头落下是必然的命运，但西西弗斯“爬上山顶所要进行的斗争本身就足以使一个人心里感到充实。应该认为，西西弗斯是幸福的。”

假如西西弗斯是幸福的，那么三十里铺的郝增喜，和《击鼓》里的男子也是幸福的，命运的石头正在下落，他们却不是消极的无所作为，“执子之手，与子偕老”的誓言，正是与命运的对抗。他们挑战的那一刻就赢了，那一刻，爱情与他们同在，彼此深信不疑，茶道里的观念是“一得永得”，他们得到了一刻，就是得到了永远。

《王风·君子于役》

君子于役，不知其期，曷至哉？
鸡栖于埘，日之夕矣，羊牛下来。
君子于役，如之何勿思！
君子于役，不日不月，曷其有佸？
鸡栖于桀，日之夕矣，羊牛下括。
君子于役，苟无饥渴！

2. 晚风起时，宜于想念

《红楼梦》里有一回，宝玉听紫鹃说黛玉要回苏州老家，整个人立马死了大半，醒转过来方知是紫鹃不放心，故意拿这话来试探他，便说，你放心，活着，咱们就一块活着，不活着，咱们一处化灰化烟。

听宝玉这话，如那抱柱的尾生，打定主意一棵树吊死了。偏偏高鹗就敢写，黛玉死后，他不但活下来，还能娶妻生子参加考试，最终是出了家，可是，其间的过程也太长了一点吧？

我年少的时候还要极端，对宝玉出家都不能接受，要他非殉情不可，都说了要灰飞烟灭的嘛。看到宝玉赞成小戏子藕官怀念前人的同时续弦，我也觉得诧异，我太强调爱情的排他性了，都超过了爱情本身。

需要到怎样的年龄，才能让感情和光同尘，溶入日常状态，隐藏到自身的血液里去?

黛玉亡故，他自然疼痛。若贾家还是那烟柳繁华地，温柔富贵乡，他也许就会去兑现自己的允诺。但不是这样，我和高鹗的分歧在于，我认为，林黛玉一定是死在贾家风雨飘摇之际，经历过许多灾难隐忧之后，宝玉不再是那个爱撒娇的贵公子，当明白，人活在世间，是要有担当的，担当自己的责任，也担当疼痛的爱情。

其次，当爱不断地升华沉淀，成为自己的一部分，他也不必拿死去活来，去跟自己证明自己的爱情了。

琼瑶阿姨笔下死去活来的爱情比较多，年轻时我很艳羡，现在则有点怀疑，太像是演给自己看：我有这样了得的爱情，我的生活多么的不平凡。

爱得不够深，才舍得拿爱情作证，而那样轰轰烈烈的爱，势头太猛，如飘风不终朝，骤雨不终日，如大火只辉煌那么一瞬间，转眼化为灰烬。真的爱，是舍不得这样用的，会很小心地让它细水长流着，以平常，保证永久，火头太猛，还会有恐惧。

《君子于役》就写出了爱情的平常心。

《诗经》里的君子，多指身份高贵的人，相应地，他们的妻子，经常是“副笄六珈”“衣锦褧衣”的。这首诗里，“君子”的妻子却没有这些装备，从后文看，她的视线里倒有鸡啊羊啊之属，“君子”显然也高贵不到哪里去。很可能，他就是一普通的男子，是女人爱恋的眼神，令他清辉奕奕，自有光华，他的高贵，不是写在势利的社会阶层表上的，是镌刻在一个女人温柔的心灵上的。

他的“于役”，当然也就不是驷马高车地周游列国，他是一个“男丁”，一颗微不足道的小石子，国家把他征去打仗或是修筑公事。她不知道他何时归来，现在到了什么地方，所有的信息都断绝，她面对的，是一片令人窒息的未知。

欧阳修有词曰：欲寄彩笺兼尺素，天长水阔知何处。那状态真叫人没办法，外面的世界天阔地远，我拿出所有的思念，也没有多少分量啊，那青灰色的无际涯，一下子就把它给吞没了，而你，此刻又在何方？

君子于役，不知其期，曷至哉？

爱着的时候，我要我们在一起，即使不能，我也要知道你每一时每一刻每一秒的音信，我要知道那些地名，知道你跋山涉水的里程，知道命运的时间表，那些上一秒钟还是陌路的名称与数字，在这一刻都是多么亲切，它们构成一张网，将你从我看不到的远方，从无限的虚空中打捞出来。若是这些都不可知，让我以何为凭？命运不可信，誓言不可听，爱情这东西太轻飘，说没有就没有了。

尽管每一秒钟都有无数人在示爱，无数人在亲吻，对爱情笃定的人，却不是那么多，到底不是摸得着看得见的东西，又不像亲情，已经被血缘和时间夯实了，它比膨化食品还要虚头巴脑。

所以读《诗经》，每每看到"既见君子，云胡不喜"，都有一种很侥幸的欢喜，可能是我太悲观，看着那女子伫立斜阳，总会预先替她无望起来。又如读李商隐的诗"曾是寂寥金烬暗，断无消息石榴红"，石榴的花期最晚，长久地纹丝不动，就像你迟迟不至的消息，让人没法抱希望。

这所有的起伏或许说明我不够爱，你还在我之外，若你真的已经住到我的生命里，我和自己在一起时，就是和你在一起了，又怎会感到阻隔，有那么严重的不确定感？

比如《君子于役》里的那个女人，她就是那般的笃定从容，看鸡栖于埘，看日之夕矣，看羊牛下来。

顾随讲《诗经》，讲到这首时，说非得是“羊牛下来”而不能是“牛羊下来”，“牛羊”，下不来矣。

这话看似无理，却是一种诗意的“有理”。牛的个头比羊大，漫漫羊群后面跟着几只暮归的老牛，才有那种暮色四合灯火欲上的氛围，若是把牛放在前面，庞大的身型将视线遮盖了大半，就算零落地露出几只羊，画面效果也会大打折扣。

从语感上说亦如是。羊是开口音，牛是闭口音，先开后闭，才能一气贯通，若是先闭后开呢，打上面就堵住了，难怪要说“下不来”。气韵表达情感，这开放的气韵，正对得上女人那种舒缓的往而不返的感情。想念在她，不是“天长路远魂飞苦，梦魂不到关山难，长相思，摧心肝”式的苦楚，是可与养鸡饲羊并行的常态，她只淡淡地说，让我怎能不思念呢？又说，不知道你是否在忍饥挨饿呢？

爱情，也可以这样理性和优雅，甚至于，这样的理性优雅里，更有爱情的尊严与力量。假如呼天抢地只是徒然尽失身段，假如祥林嫂式的念叨，只会成为别人的笑谈，假如一而再再而三的表白，让对方感动时候亦有不多不少的那么点压力，又何必去向世人展示自己清减的腰围，让对方从石榴裙上看取曾经的眼泪，这些表达太自我也太自恋也太容易在天光下氧化，相对于她的一句“苟无饥渴”，实在有搔首弄姿之嫌。

高人说禅，总说不过是“穿衣吃饭”，爱情如禅，到了高处，也不过是“穿衣吃饭”，不需要特别的纪念了，即便不得不分开，即便因为种种原因，我们永远不能在一起，也要各自过好自己的日子，思念融化进日常劳作，融化进每一个平常的日子，才不会熄灭干涸，是终极的天长地久。

多少年了，还是喜欢那首歌：

没有你的日子里

我会更加珍惜自己

没有我的岁月里

你要保重你自己

我要为你，保重我自己。

《王风·大车》

大车槛槛，毳衣如菼。
岂不尔思？畏子不敢。
大车哼哼，毳衣如璊。
岂不尔思？畏子不奔。
穀则异室，死则同穴。
谓予不信，有如皦日。

3. 你身上有初生芦苇的光泽

那天开车在路上，听到收音机里放林忆莲的《伤痕》，年轻时候听了太多遍，已经无感。然而那一刻是白晃晃的正午，眼前是空旷的马路，听林忆莲唱“女人的天真和温柔的天分，要留给真爱你的人”，一瞬间竟有醍醐灌顶之感，嗯，这就是我要找的那句话，我想把它送给《大车》里那个女子。

“大车槛槛，毳衣如菼”，这一句问题不大，大车一般解释为牛车，在遥远的周朝，那是很拉风的交通工具，一般为贵族所乘坐。“槛槛”是象声词，形容那车轮碾过的声音，让我们想象，在宁静的远古，那一定是有点小声势的。

犹如电影里刚刚开始，镜头逐渐推近，我们终于可以看见车上的那个人，他穿着鸟兽细毛织成的衣裳，色泽有如初生的芦苇。

没有描述这个人的音容笑貌，他在这首诗里，仿佛只是一个背影，一道光。他是谁，他从哪里来，要到哪里去，我们都无从得知，我们能够知道的，就是他穿着的那种“毳衣”，在当时，亦为君王或大夫专用。

“岂不尔思，畏子不敢”。朱熹这样解释这句诗：我怎么可能不思念你，但我害怕“子”，也就是城邦管礼法的大夫，所以不敢啊。他说，那年月，大夫尚且有刑事决断的能力，淫奔者害怕他的威力，而不敢私奔，被想念的“尔”和被害怕的“子”是两个人。

这样的解释似乎也可自成一说。但问题是，接下来那番对天赌咒的话，就显得有点假：“谷（穀）则异室，死则同穴。谓予不信，有如皦日。”

生时我们各处一室，死时一定要葬于同一个墓穴，你的眼神好像在说我不信？就让天上的太阳为我作证。

你看，这“淫奔者”的决心如此坚定，在死亡面前都无惧色，如何会去怕那个什么“子”？咱们的民歌唱得好，“小妹妹和哥哥一对对，刀压在脖子上也不悔”，在这样的决绝面前，那多管闲事的大夫只有见鬼的分儿。

《诗三家义集疏》则说，楚王伐息，俘虏了息国的国君，把息夫人纳之于宫。某日楚王出游，息夫人跑去见息侯，说：“我不曾须臾而忘君，更不能一女事二夫，与其生离于地上，不如死归于地下。”又做诗四句：“谷（穀）则异室，死则同穴。谓予不信，有如皦日。”言毕就自杀了。

这个故事够感人，但俗话说，信言不美，美言不信，动听的故事一般都不可信。息君啥下场俺没研究过，反正息夫人没死是有据可查的。她给楚王生了两个儿子，只是三年不跟楚王说话，楚王问她为什么，她说，我一个女人家，跟了两个男人，还有什么话好说呢？

息夫人是传统的“好女人”，“好女人”喜欢把责任往自己身上揽，用柔弱的肩膀，挑起全世界的苦难。好人王维对她有同情的理解，写诗道：“莫以今时宠，能忘旧时恩。看花满眼泪，不共楚王言。”坏人杜牧还嫌她受的熬煎不够，说她不能像金谷园里的绿珠那样殒身报主：“至竟息亡缘底事，可怜金谷坠楼人。”为了防止我轻度女权的小思想抬头，且将这段跑野马的思路打住，下面，我要郑重地叙述的，是我自己的“误读”。

在我的少女时代，我非常非常喜欢这首诗，凭着直觉认为，那个坐“大车”穿“毳衣”的人，就是“岂不尔思”的“尔”，也是“畏子不敢”的“子”，是那个女子恋慕的那个人。

你乘坐的牛车在我眼前驰过，你的衣裳闪烁着初生芦苇的光泽，让我怎能不想念你？我只是担心你不敢与我私奔。

是不是有点像一场独角戏？你连人家是不是敢跟你一起私奔都不确定，就发誓赌咒说要跟人家一个坟墓。清代的方玉润因此不同意这只是一对有情男女，他说，男女纵然有情，谁为他们收尸合葬？

可是方玉润老先生啊，你难道不知道，誓言在许多时候，只是表达一种愿望，或者一种心情。相爱的人说，我要永远和你在一起，或是，我下辈子一定要和你在一起。您觉得，这些誓言就一定有可行性吗？女人天生爱做梦，让她梦想一下，将来也许他们是能够合葬的，又有何不可？

这是一个凄凉的梦想，她觉得他的爱是个奢侈品，不敢相信自己能够拿到，就把梦想推到看不见的将来，她在想象中快乐着，也悲壮着和崇高着，在心灵的私密的角落里，没有人可以跑过来，告诉她，你这不过是梦一场。

前面说了，在我的少女时代，我着迷于这安静纯粹的爱情。但是，随着我长大成人，从小姑娘变成“大女人”，逐渐有了点不以为然，却又找不到一个比较好的表达，林忆莲这首歌，让我有种正中肯綮的快感。

“爱情有时候是一种沉沦，虽然让人失望的是恋情本身，但是不要因为你是女人”。

太对了！我一向不理解的就是，有那么多女人，莫名其妙地就去沉沦，比如唐朝那位步非烟，跟邻家男子私通，奸情败露后，那男的手脚麻利地越墙而走，消失得无影无踪。面对着夫家的怒斥，步非烟平静如水，淡然道：“生既相爱，死亦何恨”。大有今生无悔之意，最后被老公活活打死。

爱让步非烟勇敢，可那个脚底抹油溜之大吉的男人，配得上她的这份爱吗？是否女人对于爱的渴求，使她们有时不那么谨慎，但凡看上去有点像爱情，哪怕明知是伪爱情，也能够闭上眼睛，自欺欺人？

我想上前扯住步非烟的衣袖，感情充沛地喊一声“傻妹妹”，但步非烟那淡然的表情，让我望而却步。远在唐朝的她，似乎离爱情更近一点。难不成精明审慎的态度，正是爱情的天敌？我身边那些伶牙俐齿，能将爱情的化学成分说得一清二楚的女子，多半都混成了空窗，自称得了“爱无力”。

也许，爱情这古怪的不可以言说的东西，就需要那样一种盲目和卑微。一切由他决断，如果他不敢，我就保持缄默，如果他愿意，我就和他一道赴汤蹈火。也许，爱恋本身就是一个仰望的姿态，在最平凡的人身上也能看出光亮，甘愿为这光亮献身，决不去问值不值。

思及此，竟对天真的少女时代有了一些怀念，我的青春小鸟一样不回头啊，同样回不去的，还有那种肯低下去的柔软。可是，忍不住又得说一句煞风景的话，这个女子的感情，真的像我少女时代想象得那么纯粹吗?

还回到这首诗的开头，它说到“大车”，说到“毳衣”，由不得我不怀疑，这个女子可能身份低微。若是一位同样食有鱼出于车的千金小姐，她对这些东西就不会有感觉。

我并不是说，诗里的这个女子就是贪慕权势，我只是说，人们对自己生活中不具备的东西更有感觉。但是有一点，“大车”也好，“毳衣”也罢，都是这个男人的世界里不可分割的一部分，是他的某种符号，这个女孩子那种致命的迷狂，还真难说一定与之无关。

刚才说了，爱情常常是一种仰望的心情，你在他跟前忐忑了，拿不准了，没自信了，觉得自己很弱小很没办法了，爱情就来了。

炙人的权势也能把人变弱小，对于有力者的仰慕，和对于美女靓男的仰慕长得真的很像，都有期待、思慕、求索、执迷等。

最可怕的是那种双重爱慕。《还珠格格》里，每次紫薇向她的皇阿玛诉衷情，我都觉得她很恋父，那种卑微又深情的语调，比她跟尔康“你是疯儿我是傻”的蠢话要有劲得多。她是她母亲的代表，也是她母亲的化身，对一个男人的爱慕让她们低了一下头，他权势的震慑力又让她们低了一下头，当真是低到了尘埃里，她们以为开出那朵花全是爱使然。

《小团圆》里写，九莉（张爱玲自己），看到邵之庸（胡兰成）以轻藐的神情，在人群中说话，顿时感到极大的震动，对自己说，我崇拜他。

张爱玲给宋淇的信里说，《小团圆》里对自己也有毫不客气的讽刺，我觉得这“崇拜”二字就是她多少年后，对当时的自己的讽刺。能在人群里以轻藐的语气讲话者，往往握有或者自以为握有某种权力。不能说是胡兰成的权势让张爱玲倾倒，但在彼时彼地，一定也起到了推波助澜的作用。

我们说起权势，都像在说个贬义词，殊不知，它不一定体现为张牙舞爪，作威作福，还体现为居高临下的神情，从容不迫的仪态，VIP的专属坐席，限量版的一线名牌……这些“好东西”，都得由听上去不那么好的“权势”支撑。灰姑娘对于王子的向往无可厚非，要是我说，那也可理解为平民对于权势的一种致敬，你会不会觉得有点赤裸裸？

古乐府里的那首《越人歌》，亦有一种低首的姿态：

“今夕何夕兮？搴洲中流。今日何日兮？得与王子同舟。蒙羞被好兮，不訾诟耻。心几烦而不绝兮，得知王子。山有木兮木有枝，心悦君兮君不知。”

划船的越国女子，爱上了乘舟的王子，她爱慕他，唱起这首歌。想多少年前的河流上，那女子遇见了王子，他目光如日月，冠冕如星罗，言谈举止与她日日所见的山间渔樵绝不相同，有优裕的生活打底，他很容易就能做到挥洒自如。让她怎能不低首？无论是他本人，还是他身上那些装饰品的光华，都足以将她的眼睛刺痛。他之于她，是一个可爱而又不可进入的世界，她只能一个人面对心中静静燃烧的热情。

这热情与不可企及的现实碰撞，淬出灼热的疼痛。疼痛是一种深刻的感情，能够唤起普遍的共鸣。

相形之下，“陌上谁家年少？足风流。妾拟将身嫁与，一生休”里的“年少”，“船动湖光滟滟秋，贪看年少信船流。无端隔水抛莲子，遥被人知半日羞”的“年少”虽都是萍水相逢的陌生男子，但他们都太普通了，不足以成为深刻的梦想，那些春心萌动的女子，可能也只是一念之间，船开过去了，车行过去了，她们的梦也就醒了，那些“年少”们，也就在她们的生命里死掉了。

曾听一个军事学家说，看任何一个问题，最有效的切口，就是看“利益”二字，我一直觉得爱情是个例外，有很多爱情，不但无利可图，倒像存心跟自己的利益过不去。但是，那样反潮流的爱情毕竟少之又少，更多的爱情，要借一点利益的风势，才能燃烧得更旺。但最后没准就超越了利益这道门槛，像《少年天子》里，董鄂妃对顺治说，我本来因为陛下是皇上才更爱陛下，现在是因皇上是陛下而更爱皇上。

我因此也相信《大车》里那个女子的爱情，它也许是从“大车”和“毳衣”而起，越走越远，当它来到坟墓前，许下“谷（穀）则异室，死则同穴。谓予不信，有如皦日”的誓言，“大车”“毳衣”什么的魔力也就消失了。那一刻，我相信她是虔诚的。

《郑风·将仲子》

将仲子兮，无逾我里，无折我树杞。岂敢爱之？畏我父母。仲可怀也，父母之言亦可畏也。

将仲子兮，无逾我墙，无折我树桑。岂敢爱之？畏我诸兄。仲可怀也，诸兄之言亦可畏也。

将仲子兮，无逾我园，无折我树檀。岂敢爱之？畏人之多言。仲可怀也，人之多言亦可畏也。

4. 婚姻和性的契约

唐才子元稹的自传体小说《会真记》里，张生对美丽的崔莺莺一见倾心，跑去求她的丫鬟牵线搭桥，丫鬟说，你为什么不先求娶呢？张生答，我见过你家小姐之后，不能自持，吃不下饭睡不着觉，可能都活不过三天两日了，要是因媒氏而娶，纳采问名，得好几个月，到那时候，只能索我于枯鱼之肆矣。你说我该咋办？

从崔莺莺的优柔寡断来看，她不是不理性的，可是张生的情话实在太让人感动——女人一般都愿意相信男人真的深爱自己。“春发映何限，感郎独采我。”她感到欠他一个同样隆重的回报，就把自己回报给了他。只是，辗转承欢之际，原该喜悦忘我的时辰，她的内心一片冰凉，抵死缄默。

那时，她已经看清了自己的未来，她给他打开了一道边门，使他手到拈来，他还有什么必要费劲巴拉地奔婚姻的正门呢？这个故事的结局我们都知道，始乱之，终弃之。

恋爱的男女，到底是同盟还是对手？他们在一起，是携手共同面对眼前的风起云涌，还是在进行一种隐晦的博弈？

是有一种好爱情，以灵魂的相知与恋慕为基础，绝不会终止于性的占有和得到。无奈，这样的爱情在尘世中比黄金还稀少，它对心灵的深度与灵性要求太高，不是会作几句诗说几句煞有介事的话就能达到的，将大诗人元稹还原了，也不过是灰色的芸芸众生。

叔本华在《人所表现的表象》中这样揭示芸芸众生的规则：男性通过得之于自然的、优越的身体和思想力量，占有了人世间所有的好处，女性必须征服他们和俘虏他们。为此目的，女性荣誉的训诫格言就是：绝对不能和男人发生非婚姻关系的性行为，只有这样，才能够强迫男人结婚——这是他们的一种投降，只有通过这样做，女性才能得到保障。

叔本华的这个理论，在《将仲子》里这个女孩身上得到体现。

虽然那位“仲子”（我们可以翻译成二哥哥），有意勾搭姑娘，爬墙上树地递眼色，姑娘仍是再三地婉拒道：“将仲子兮，无逾我里，无折我树杞，岂敢爱之？仲可怀也，父母之言亦可畏也。……仲可怀也，诸兄之言亦可畏也。……仲可怀也，人之多言亦可畏也。”

二哥哥你，纵然很可爱啊，可是我的爹娘兄长街坊邻居，他们说长道短，我也不能不惧啊。左右为难的语调，好不可怜，其实是将她的社会关系，摆到了二哥哥之上，发乎情止乎礼，她的自控能力，比《野有死麕》那个女孩子要强。

“野有死麕，白茅包之。有女怀春，吉士诱之。林有朴樕樕，野有死麕，白茅纯束，有女如玉。舒而脱脱兮，无感我帨兮，无使尨也吠。”

面对着小伙子按捺不住的激情，那个姑娘只是不断提醒，轻一点啊，再轻一点啊，别弄响我佩带上的铃铛，别惊动我家的小狗……都是技术性的建议，终极目标是一样的，这些小声的叮咛，反倒把场景弄得更逼真，更热辣了。

相形之下，《将仲子》里的这女孩子就没那么豁得出去，她畏首畏尾，瞻前顾后，有一种相当扫兴的理性，那些说长道短的人，更是可恶。然而，正是这羞涩胆怯的天性，以及制约着她的，令人讨厌的“人言”，在某种意义上，构成某种保护。

张生用一份假冒伪劣的爱，代替婚姻承诺，换得了他所要的性，而现代小说《玻璃是透明的》里，打工妹“小四川”无视男人的甜言蜜语，坚持公平交易，最终用性换到了婚姻。那是发生在一个小饭馆里的情感纠葛。老板有两个情人，一个是大学毕业生，跟了他好多年了，另一个是还没有完全搞定的新欢——打工妹“小四川”。两个女人之间展开了PK。说起来大学生胜算要高一些，却不想小四川另有奇招，她也跟老板上床，但一口咬定他不娶她做老婆，就不跟他那个，最后真的借此成功上位，逼退大学生，升级为正牌老板娘。

我把崔莺莺和小四川在一起比较，并不是想介绍什么情场兵法，只想阐述一种现实，被美好的抒情的幻梦遮蔽的现实，我还是要重申，我相信世间有无猜忌的爱情，但是，我同样相信，更多的人，更爱自己。

像元稹这样的薄情男人，也许是男人中的下限，做法也比较极品，一般人都比他好一些，没那么不负责任，比如《井底引银瓶》里的男主角。

出自于元稹好友白居易笔下的叙事诗《井底引银瓶》，说的倒是个实打实的私奔故事，那女孩曾有过美好的少女时光：

婵娟两鬓秋蝉翼，宛转双蛾远山色。

笑随戏伴后园中，此时与君未相识。

但是她遇见了他，一见杨过终身误，四目相对是一个起点，之后便是一条漫漫不归路：

妾弄青梅凭短墙，君骑白马傍垂杨。

墙头马上遥相顾，一见知君即断肠。

知君断肠共君语，君指南山松柏树。

感君松柏化为心，暗合双鬟逐君去。

故事到这里，如一个美丽童话，但童话的结局不是“从此王子与公主过上了幸福的生活”，而是“到君家舍五六年，君家大人频有言。聘则为妻奔是妾，不堪主祀奉苹蘩。”

男人家的“大人”为何容不下这个女孩子？因为她破坏了秩序，形成隐隐的威胁：她的私奔，会不会是第一块倒下的多米诺骨牌，礼崩乐坏的开始？

更遗憾的是，她深爱的男人，也是秩序的受益者，当初的欢好与海誓山盟早已经渺远，现在，他用主流的目光看着她，是否也觉得她过于轻率？她曾为他背叛与社会的契约，焉知不会为了另一场不期而遇的激情破坏与他的契约？就算她没有这个机会，她所形成的榜样效应，无形中也会污染他周边的生态环境。他是个好人，说不出“大凡天之所命尤物也，不妖其身，必妖于人”（元稹语）这种没心肝的话，但也不愿冒天下之大不韪，给她一个名分，这个女子因此被推到孤立无援的地步：

“终知君家不可住，其奈出门无去处。”

“为君一日恩，误妾百年身”，白居易借此告诫那些痴情的小女子“勿要将身轻许人”。

唐朝已经是公认开放的时代，公主可以出家，民女可以再嫁，以至于让我们生出某种错觉，以为开放是主流，而白居易这态度不明的告诫，打破了这种幻觉。春秋时代也一样，总听人说，那是一个艳遇满天飞的季节，豳风里却有这样的声音：“伐柯如何？匪斧不克。取妻如何？匪媒不得。”可见，程序很重要。

在这种说法面前，我们首先当然应该做一个勇敢的人，指认它是错误的，是男权社会的产物，但遗憾的是，也许你所深爱的人，隐约也保持着些许同样的理念。爱情里，亦有让人无奈的黑洞，好在随着社会的进步，这种理念越来越处于弱势，将来的人再回看这首《将仲子》，是否只是诧异地一笑而已？

《郑风·褰裳》

子惠思我，褰裳涉溱。子不我思，岂无他人？狂童之狂也且！

子惠思我，褰裳涉洧。子不我思，岂无他士？狂童之狂也且！

5. 爱是没有技术含量的事

我十六岁时，邻家姐姐二十四岁，我们经常在夜晚相约出去散步，慢慢地走到小城唯一的广场上，在星光下谈谈对于爱情的看法。她是一个认真与诚恳的人，有一次，我对她说："假如我真的爱上一个人，就算他是残疾人，我也会跟他在一起。"她说她不会。过了几晚，我们再次出来散步时，她说她回去想了很久，觉得她可能也会。

后来，她恋爱了，是两地恋，每晚都要通漫长的长途电话，我们再也不能随意出去了，改在她家聊天，她微笑着跟我说他们之间的小细节，而一旦电话铃响起，她便快乐地飞奔而去，全然不顾全家人笑她。

她体谅他工作太忙，总是她去看他，她妹妹很不满，说："应该是他过来看你嘛，再说也应该给我们考察一下。"还设想了三堂会审的场面，全家人分别坐在沙发与藤椅上，丢给那男的一个小板凳，让大家居高临下地看看，他到底有多少诚意。

妹妹这样说时，全家人都笑得一塌糊涂，包括恋爱中的姐姐，大概觉得太像一个笑话。

那个男子终于来了，那一整天，我们家人都能听到邻家姐姐银铃般的笑声——八十年代的老房子，隔音效果很不好。吃午饭时，我妈的筷子停在半空，目光如炬地指出，她这样不好！

当时我只觉得我妈她们那一代人活得太紧张，一言一行都有太多的禁忌，以她这样一个草木皆兵的中年妇女，当然看不上邻家姐姐毫无保留的快乐。我不相信我妈的预言，毕竟，时代不一样了，我们这些人，和她们那些人，也不一样了。然而，事情却被我妈不幸言中，之后，那个男子的感情逐渐疏淡，最后分手。这件事使我长期地思索一个问题，爱他，是不是就可以不再设防？

圣经上说："爱是恒久忍耐，又有慈恩，爱是不嫉妒，不自夸，不张狂，不做可羞之事，不问得失，不计人恶，不轻易发怒。凡事相信，凡事包容，凡事盼望，凡事忍耐……"就算是真正的信徒，大概也无法将这样伟大的爱施诸众人，人们虽然渴望崇高，但首先要自保，常常只在恋爱时会放松一点。爱情，是一个可以不再缩手缩脚的契机，我们终于可以畅快地拿出天性中崇高美好的部分。

恋爱中的人，不但相信自己的崇高，也相信对方的崇高，相信对方对于自己的爱，能够生出力来，使他突破人性的弱点。以我这位姐姐为例，她相信对方完全能够懂得并呼应她的热情，而不会因此疑窦丛生，相信对方不会认为已将她搞定，从此将她看轻。她以为，那些世故的心眼，庸俗的博弈学，跟爱情完全没有关系，却不明白，大多数人更爱的是自己，她自己也许是个例外，但是，很不幸，她没有遇上另一个例外。

《褰裳》里的这个女子，就比我这位姐姐拎得清："子惠思我，褰裳涉溱！"假如你要是想念我，就拎着衣服过溱河。她可不像我那位傻姐姐，认为，既然我爱你，就要为你走过万水千山，她的观念是反过来的，既然你爱我，就要为我走过万水千山。从表面上看，邻家姐姐舍己为人，处处为别人着想，这是多么美好的品质，可是具体到生活中，男人可能更买《褰裳》里这个女子的账。

她嘴角含笑，神情挑逗，灵活的眼波里，一漾一漾的，尽是揉碎的魅惑，这就比我那老实巴交只会狠狠爱的姐姐，占了上风。有很多男人喜欢的，不是会爱的女人，而是能"作"的女人。何况她站在原地，立得很稳，好像一个骄傲的女神，俯看裙下之臣，等待你为她拿出一切，包括自尊。这种气势很强大，很能够催眠，让人由不得地就要犯贱，把能为她做点什么，当成自己的荣光。

假如你还没反应过来，她就会跟上一步，告诉你，她的耐心是有限的，她的等待是短暂的：“子不我思，岂无他人？狂童之狂也且！”欲擒故纵的姿势，随时准备转过身去，抬高了自己的身价，制造紧张气氛，好像困难年月需要持票购买的大米白面——还不来？对不起，售罄！

我们单位旁边有个卖炸串的小店，名气很大，全城的小姑娘都跑来吃。但是，我每次去买，都要被伤一次自尊，不给提供餐巾纸倒也罢了，那个伙计还总是爱理不理的，隔着高高的柜台递上钱去，他往往选择性失明，什么时候复明呢？那要看他的心情。

开始时觉得是店大欺客，很不忿，久之才回过味来，这正是他们的营销策略。就要这么牛，要你肃然起敬，心理感觉是会影响到味蕾的，终于将那来之不易的炸串送到嘴里时，你一定会觉得它与众不同。由此而形成良性循环。

有人因此制造虚假的繁荣。那天路过一家武汉鸭脖子店，看见玻璃窗上贴着一个告示：“请自觉排队！”这句话给了我强烈的暗示，想象出那挨挨挤挤的场面，虽然眼前没啥人，但我想，可能这个点儿不对。我告诉自己不能错过这个不需要排队的良机，在根本没打算买鸭脖子的前提下，拎了一袋回去。

稀缺能够提升物品的价码。只选贵的，不选对的，不但适用于麻辣串鸭脖子，也适用于某些人的所谓“爱情”，生活中的“市场准则”无处不在。邻家姐姐的诚恳，省去了对方的辛劳奔波和诚惶诚恐，男人爱她的成本降低了，她的爱情也就变得便宜了，便宜的东西，有谁会珍惜呢？

《褰裳》是郑风里的一篇，大约是流传于郑州、登封一带的歌谣，这一带的女孩也不是个个都精明，《郑风》里还有一篇《狡童》，那个女主角就有点像我那位傻姐姐：“彼狡童兮，不与我言兮，维子之故，使我不能餐兮！”

那个狡猾的家伙，不搭理我了啊，因为你的缘故，使我吃不下饭啊。一下子就给对方交了底，可是，有用吗？亦舒说：“对方若不再爱你，你哭闹是错，静默是错，活着呼吸是错，死了也是错。”对方绝不可能同情你的爱情。与其这样苦巴巴地乞怜，还不如像那个精灵古怪的女孩，眉毛一挑：“你不喜欢我，难道就没有别的人吗？”没准对方就会疑惑起来，重估你的价值。那个所谓的“狡童”，也不过是寻常男子，女子热烈的爱情把自己变小变茫然，也就把他变强大变狡猾了。

《狡童》和《褰裳》是相邻的两篇，因此我有一个有趣的错觉，老觉得她俩是邻居，若真是这样，《褰裳》的女主角，肯定是她们村里的“万人迷”。在情场上得势的女子，大多有一个制胜秘籍，那就是，不够爱。

可是啊可是，我总觉得，爱情是个守恒的东西，你有过多少痛苦，才有多少快乐，反过来说，你会这样痛苦，是因为你曾那样的快乐过。尽管我深知人性的难以完善，知道在爱情上来点技巧会事半功倍，可我还是更推崇那种莫逆于心没有技术含量的爱情，不是被好奇心挑拨，无关利益得失权衡，只是像两个被放逐在人世间的孩子，互相恋慕与依赖，一起弱小，也一起强大。

这样的爱确实稀少，如黄金，但是有。他不是也没关系，“子不我思，岂无他人？”慢慢地等待，总能等到属于你的那杯茶，我那位姐姐的错误也许不是不设防，而是没来得及看清楚，再说，她曾经那样的快乐过，那快乐，可能有人一生也不会有。

《郑风·风雨》

风雨凄凄，鸡鸣喈喈。既见君子，云胡不夷！

风雨潇潇，鸡鸣胶胶。既见君子，云胡不瘳！

风雨如晦，鸡鸣不已。既见君子，云胡不喜！

6．爱情随时毁于一念之间

黛玉内心敏感孤傲，待人亦不热络，但她一旦真的接纳了对方，又是全然不设防的，第四十五回，她和宝钗已经交心，两人一道聊天，黛玉道出了自己的尴尬苦衷，宝钗温柔地安慰了她。宝钗临走时，黛玉恋恋不舍，跟她说："晚上再来和我说句话儿"，宝钗答应着便去了。

以黛玉的性情，能说出这么一句话，相当不易，这叮嘱里甚至有些祈求的意味，借张爱玲的说法，能否对对方提出祈求，其实是对信任度最大的检验。可惜到了晚间，天色就变了，"淅淅沥沥下起雨来。秋霖脉脉，阴晴不定，那天渐渐的黄昏，且阴的沉黑，兼着那雨滴竹梢，更觉凄凉。知宝钗不能来，便在灯下随便拿了一本书……"

曹公特意将那天气重重描了一下，写尽黛玉的寂寞，还好这个时候宝玉一身蓑衣地来看她，她笑话他像渔翁，宝玉说要给她也弄一身，黛玉娇嗲地拒绝，说，自己若穿上这个，岂不是像渔婆了，然后自觉失言，羞得脸飞红，伏在桌上咳个不住。

这场景，有点《诗经》里那首《风雨》的感觉：风雨凄凄，鸡鸣喈喈。既见君子，云胡不夷！

虽然《红楼梦》里这个场景是夜晚，黛玉等的是宝钗，但这些，都可视为她内心风雨的一部分，在凄风苦雨外加“有约不来”的失落中，宝玉温暖的现身，正有那“既见君子，云胡不夷”的慰藉。

以这句诗体会黛玉的心情固然适宜，但回到诗句本身，内中的情感色彩以及那种压迫感，比黛玉所体会到的更强烈。那个风雨夜，黛玉心中固然有熬煎，但还是安全的，缓慢的，《风雨》里，则一句句催着，诗中人对那个君子，不比黛玉见宝钗，可见也可不见，诗中人是非见不可，若不见，就无法从这风雨中涉过。

这是一场很奇怪的约会，“风雨凄凄，鸡鸣喈喈”，这鸡都叫了，眼看着天快亮了。有谁的约会会定在凌晨？张生趁着夜色逾墙，《枕草子》里写男人在凌晨离去，凌晨的约定，自然非同寻常，朱熹认为，这首诗，说的一定是与私奔有关。

落雨的凌晨倒是私奔的好时候，家人还在梦中，潇潇雨声可以掩盖动静，又让无事之人不肯早起，为一对立意远走高飞的男女，让出一条没有阻拦的坦途。

看起来，是万事俱备，诗中人也已做好所有的准备，最后的时刻已经到来，但是，她却遇到了最大的隐忧，那个和她有约的人，到底会不会来？

外面白茫茫的天地，不可知，不可想象，鸡鸣声又响起来了，在日夜交替时分，本来就有一种恐怖感，风雨中听来更是诡异，好像是史前的洪荒，又好像是死寂的世界末日。心弦绷得快要断裂的时候，他终于出现，让她怎能不发出这样的呼喊：既见君子，云胡不夷！

她的紧张感，似乎有些荒唐，诗中人既然下了这么大决心，两人一定有过很多交流，讨论过具体的细节，在她做准备的时候，她心中是十拿九稳的，但即使是这样，当她将一个大计划推向重要关口，也会突然之间信心全无。

爱情太容易毁于一念之间。《胭脂扣》里，十二少和如花约好了一道自杀，如花饮下毒酒，十二少却在最后一刻犹豫，他又活了很多年。这不是编剧的精妙构思，而是有着强大的现实基础，社会新闻里，多见如此这般的故事，这边慨然赴死，那边临阵脱逃，“誓言化作烟云字，费尽千般心思”，终不抵他心意一闪，转眸间，两人便成阴阳暌隔，咫尺天涯。

这种感觉是熟悉的，虽然你不打算与谁私奔，更没想过跟谁共赴黄泉，可是，爱情中那种惊人的不确定性，有几人不曾领会？你甚至不知道，离心离德的时刻，是从哪一刻开始，是你说错了某句话，做错了某件事？或者，根本与你无关，是对方邂逅了某个人，或者去了某个地方，登高临远间，突然茅塞顿开，你，就像电影里的特技，从他的心上，突然被推到很远很远的地方。

鲁迅的《伤逝》写得很悲伤，子君为了与涓生在一起，与家庭决裂，然而“贫贱夫妻百事哀”，他们终于分离，子君死去。这个故事貌似在讨伐那个社会，但我每每觉得戳心的，是那些字句：“我一个人，是容易生活的，虽然因为骄傲，向来不与世交来往，迁居以后，也疏远了所有旧识的人，然而只要能远走高飞，生路还宽广得很。现在忍受着这生活压迫的苦痛，大半倒是为她。”这话何其冷漠，似乎子君是他生命中无端端多出来的一样东西。

他还会拿书中的世界与现实对照：“我看见怒涛中的渔夫，战壕中的兵士，摩托车中的贵人，洋场上的投机家，深山密林中的豪杰，讲台上的教授，昏夜的运动者和深夜的偷儿……子君，——不在近旁。她的勇气都失掉了，只为着阿随悲愤，为着做饭出神；然而奇怪的是倒也并不怎样瘦损……”这眼光全然是陌生人的，虽然，她那么忠实地跟随着他，还是让他厌倦了。他的厌倦，是令子君致命的根本原因，漫天风雨里，他不是微笑前来的君子，他是那风雨的一部分。

她心中生疑，无法追究，在那风雨里，她孤身一人，只能沉默地离去，然后死去。

涓生后来伤感于子君的逝去，也是愧疚占了更多，我们常常觉得爱的到来如迅雷不及掩耳，其实爱的失去又何尝不是。知晓了这一点，就会预设种种可能，若你不肯接受那可能，就会像这诗中人，分分秒秒，都在惊惧不安中。

每一次告别，都有可能是一去不返，每一次相见，也许都是失而复得。而每一次期待，都有无限的可能，你来，或者不来，都能让我的心灵，震荡在天堂与地狱之间。

好像站在一个人的野外，空荡荡的来路上没有人影，你会自鄙，觉得自己是那么那么的不够好，你也会自怜，觉得自己是那么那么的好啊。自鄙与自怜的转换中，会有飘零者的哀怨，那种情形如同是：“风雨凄凄，鸡鸣喈喈”……

若是在此时，你能翩然而来——不一定是你的人站在那里，只要用你的方式，让我觉得你和我是在一起就可以，我的心就一定会云开雾散。所有的凄凉都成了恰到好处的铺垫，像所有的花卉约好了同时绽放，像光良的那首《童话》：“从你说爱我以后，我的天空星星都亮了”——一种轰然而起的安宁喜悦。

这就是《风雨》让人着迷的原因，不用过于实在地追究它到底在说什么，不妨将它看成是我们内心戏的一场模拟，当你爱上一个人，就是一场心灵的冒险，当对方呼应，你们就是在谋划一场心灵的私奔，各种不确定性，是那潇潇风雨，当你们终于明心见性（借这个词一用，学者勿惊），便是“既见君子，云胡不喜”了。

胡兰成说他和张爱玲一道读《诗经》，张爱玲看到“这里也是‘既见君子’，那里也是‘邂逅相见’，她很高兴，说：‘怎么这样容易就见着了！’”张爱玲不是乐观之人，了解这世间有太多黑洞，看到这种让人放心的感情，自然会如此喜悦，她的高兴，其实是对这世界的某一部分，终于能暂时地放下心来。

这首诗的诠释可以到此打住，但我心中隐隐有未尽之意，“既见君子，云胡不喜”，说的是否只是对于爱情的确认？这风雨，是否还可以讲的是人生里的大不安？

看过一部电影，“二战”时候，一个男人在大桥上邂逅一个无家可归的女人，她不小心卷入谍战中，却没有能力和勇气继续下去。走投无路，她跟着偶尔结识的男人来到他的家，睡在他的床上，他睡在地下。他轻轻地跟她说着话，她对他说，我喜欢听你黑暗里的声音。

她的话让我触动，那时，我也希望，有一天，哪怕是心里对一个人说，我喜欢听你黑暗中的声音。

这是一个隐喻。我的黑暗与她不同，我想听到的声音也与她不同。

人生在世，原该赤裸裸来去无牵挂，但人究竟是这样感性的动物，当死亡覆盖在前方，是怎样也看不穿的阴影，如果你能在我的生命出现，我就不会再害怕。

好像在黑暗的甬道里摸索，我感觉我牵着你的手，那么就没有什么可怕的了，总有源源不断的力量，从你的指尖传递到我的指尖。

就像林黛玉之于贾宝玉，他恐惧于生命的虚无，想以她的眼泪葬自己，以这确定的爱，证明自己来过，虽然最终，林妹妹先他而去，只要爱情曾轰然而起，只要那个人，曾经那样灼灿地出现过，就能成为永远的护身符，永恒的陪伴。

“既见君子，云胡不喜”，见到了你，我就踏实了，安生了，清明了，喜悦了，窗外依旧风雨浇漓，但我不会再害怕。

如果夜是青雨淋淋
如果死亡是黑雨凄凄
如果我立在雨地上
等你撑伞来迎接　等你

余光中的这首《伞盟》，可做这首《风雨》的注脚。

《卫风·淇奥》

瞻彼淇奥，绿竹猗猗。
有匪君子，如切如磋，如琢如磨。
瑟兮僩兮，赫兮咺兮，
有匪君子，终不可谖兮！
瞻彼淇奥，绿竹青青。
有匪君子，充耳琇莹，会弁如星。
瑟兮僩兮，赫兮咺兮，
有匪君子，终不可谖兮！
瞻彼淇奥，绿竹如箦。
有匪君子，如金如锡，如圭如璧。
宽兮绰兮，猗重较兮，
善戏谑兮，不为虐兮！

7. 爱上亚光男人

周末陪娃看电视，调了几个台，都是综艺节目，节目里，又都是各色小鲜肉。一个比一个标致，说是如花似玉也不为过，那雪白的皮肤，那带着弯钩的闪亮眼神，那又像丝绒又像花瓣般的嘴唇，最要命的，还有那一米八几的身高，和两米长的大长腿，每一个都光芒四射，打定主意闪瞎你的眼。

当然是好看的，《三体》里说，未来的男人都要朝这种阴柔之美进化，想想满大街都是这种花样男儿，还真的挺魔幻的呢。

但这样的男子，在我们古代是吃不开的，《诗经》里喜欢写美女，也喜欢写美男子，只是那里面的美男子明显粗犷得多，比如这首《简兮》：

硕人俣俣，公庭万舞。
有力如虎，执辔台组。
左手执籥，右手秉翟，
赫如渥赭，公言锡爵。
山有榛，隰有苓。
云谁之思？西方美人。
彼美人兮，西方之人兮！

日光之下，众人之前，魁梧的舞者颜面敷朱，一手持箫管，一手持野鸡的羽翎，在最前方领舞。来个特写，应该有汗水渗出，蜜色的肌肉绷起，运动着的男人是性感的，难怪旁观的女子忍不住要打听他的来处：“彼美人兮，西方之人兮。”他来自西部的周邑，这异乡人的背景，是否更增加了他的魅力？

这样的肌肉男，让人望之心喜，但真正能让人把他放进心里去，还要筑个心宅安放好的，还是《淇奥》里写的那种“如切如磋，如琢如磨”的亚光男子。

《淇奥》这首诗，先写风景，“瞻彼淇奥，绿竹猗猗”。淇是淇水，奥为河流弯曲处，隔着弯弯曲曲的流水，遥望对面丛丛绿竹的剪影，洁净，空灵，让气氛一下子安静下来，在这种背景下出场的男子，必然与我们日常所见不同。

有匪君子，如切如磋，如琢如磨。

没说他长得什么样，颜值，身高，这些硬指标都朝后退，他自带的气场告诉你，这是一个如美玉似象牙般精心打磨过的男人。在漫长岁月里，打磨掉浮躁与浅薄，光芒与假象，在一次次淬炼中，如金如锡，如圭如璧，拥有“宽（宽容）兮绰（和缓）兮，猗重（倚重）较兮”的宏大格局，“善戏谑兮，不为虐兮！”这恰到好处的幽默感，成为一个有质感的亚光男人。

相对于那种金属般铮亮锐利的男人，一向对那种亚光男子更有好感。他们无意于坐在最显眼的地方，不热衷第一时间展示自己的个性，他们看上去随和，安静，话不多，你有机会看到他们温和的侧影。但是，千万别以为他们就是自甘平庸之辈，他们一定有机会，让你观摩到他们的智商碾压。这样的男子当然不会是轻易炼成的，他们不会像那些半瓶子醋的人，喜欢讲自己的过往，但你一定能从他们的举手投足间，窥见他风起云涌的来路。

如果从古代找一个这样的人，首先想到的是王维。亚光男人，首先要有光，当年王维一出道，就已经是长安城里的传奇。据说他一袭白衣，在祁王的宴席上演奏，为玉真公主所注意，得知他就是王维，惊讶道，原来我每日诵读的那些诗就是他写的啊。

有玉真公主这样的粉丝，王维的仕途顺风顺水，状元出身，步步高升，虽然因为安史之乱中被安禄山扣留、强授伪职而略受影响，但很快官复原职，一生光亮至此，是最好的谈资，私下里面对自己，亦能踌躇满志。

然后看王维的诗篇，首首都有静气，“独坐幽篁中，弹琴复长啸，林深人不知，明月来相照”，“木末芙蓉花，山中发红萼，涧户寂无人，纷纷开且落”“空山不见人，但闻人语响，返景入深林，复照青苔上”……

少年时读这样的诗，想象那坐在深林里的人，他敛了光芒，避开观众，只与自然交心，林中的一日一日，是他与自己的切磋，对自己的琢磨，在月光与晨雾的交替中，他把自己变成绿竹猗猗中的一竿。

但似王维这样，还是太静态，相形之下，三国时的周瑜，则是大动荡里，保持着惊人的稳定，动静之间，似乎全不受惯性控制。

周瑜一共死过两次，一次是箭疮发作自然死亡，另一次是死在小说家罗贯中的笔下。罗作家在他的代表作《三国演义》中，将周瑜描述成一个小肚鸡肠的家伙，上了诸葛亮的当，三下两下给气得挂掉了。

刀笔小吏能杀人，大作家也能制造冤案，周瑜或者有其他的缺点，心胸狭窄这几个字，在他的字典里是不存在的。他崭露头角时太年轻，老将军程普看他不忿，屡次折辱，周瑜始终心平气和，谦恭有加。程普终被他的胸襟所折服，作如是感慨："与周公瑾交，如饮醇醪，不觉自醉。"

程普也不是凡人啊，这个比喻实在太好。作为一个略有点酒瘾的人，我太知道好酒能给人带来的快乐，那种不觉自醉的渗透感和愉悦感，更是可遇不可求，若是能与这样的人交往共事，该是怎样一种福利，千载之下，想一想，就为之怦然。

周瑜不会为他人的粗鲁无理，改变自己雍容谦和的风范。这道理说起来容易，做起来可太难，它不是一个忍不忍得住的问题，而是修炼得是否到家的问题，修炼到了，便能知行合一，做起来如行云流水，又如水到渠成。

周瑜三十三岁便赢下赤壁之战固然辉煌，但若论牛逼程度，比项羽还要差上一大截，想当年，项羽不过二十啷当岁，就敢在诸侯们皆作壁上观的情况下，跟秦军做拼死一战，把人人心中的“不可能”变成“可能”。可是，项羽虽然天赋英才，却没什么文化，又不像刘邦那样识时务，一生好勇斗狠，缺了一份“如切如磋，如琢如磨”的修炼，终落得身兵败垓下，四面楚歌。

亚光的男人善于做减法，节制，但是并不消极，在长期的历练中，他们已然建立起自己的小宇宙，对那些细枝末节自然能付之一笑，知道自己最想要的是什么。《大学》所言：“知止而后有定，定而后能静，静而后能安，安而后能虑，虑而后能得。”能止于当止，比奋发向前更难。

在电影《赤壁之战》里，周瑜这个角色是梁朝伟演的，虽然因为各种原因，梁朝伟并没有把这个角色塑造得很经典，但他自己倒也算亚光男人一枚。在屏幕上，他的眼睛会放电，在屏幕下面，他却总试图让自己无声无息，看过他一次勉为其难的访谈，他寡言，动作幅度小，不想表达自己，他如水，愿意处于下端，善利万物而不争，他把自己安放得特别稳妥。

你我皆凡人，生在人世间，都食五谷杂粮，都是肉体凡胎。有时看爱情小说，一个人对另一个人爱到死去活来，会生出一种荒谬感：如果你有机会看透他的本质，有谁配被那样热爱？但是写到这篇文章时，忽然觉得，人性是有种种弱点，也许穷极一生都无法改变，但只有一颗肯“切”肯“磋”肯“琢”肯“磨”的心，有着不畏周折奔赴完美的欲望，就成其为一种伟大，值得被崇拜与爱慕。

思及此，不由自警，“如切如磋，如琢如磨”的境界不只是适用于男人，认真地打磨自己，也是对这人生的尊重。当然，人生之美，不单是亚光一种，小鲜肉的华丽，肌肉男的蓬勃，各有各的好，人世如此缤纷，想来就让人心怀感激。

《召南·小星》

嘒彼小星，三五在东。肃肃宵征，夙夜在公。寔命不同！

嘒彼小星，维参与昴。肃肃宵征，抱衾与裯。寔命不犹！

8. 秩序比爱更重要

我有一个女友，是个热情躁动的多血质的人，对于这种人来说，爱情类似于地震或者火山爆发式的灾难，她欢喜、惊疑、哀怨、暴怒，上一分钟如同天堂里虔诚喜悦的天使，下一分钟就成了地狱里寻仇的怨妇，每一分钟都是如此的戏剧化，搅动得全世界跟着风起云涌。

那男人去兰州出差，他离开的第三天，她就受不了了，半夜三更地打电话订机票，守到天明追过去。当她面容憔悴地出现在那个男人面前，确实让对方狠狠地感动了一把，当第二次，第三次，类似的桥段频频上演，那个男人就有点吃不住了，感动的表情之下是隐隐的不安和不习惯，一言一笑都像是力不从心的表演。

他渐渐累了，那显而易见的倦怠使我的女友感到绝望，并因绝望而疯狂，最终，他俩分了手。

就在分手三个月之后，这个男人跟另外一个女人结婚了，我曾去过这个女人的办公室，她的桌子上一尘不染，柜子里井井有条，她待人接物总是不远不近，脸上的笑容是很职业的正正好，有点像那个情商很高的林志玲。

我认识她其实比认识我的女友要长，始终没有成为朋友，我很难想象她和男人在一起的样子。可是，那个男人选择了她，据说他们现在仍然很幸福，男人衣履光鲜，油光水滑，努力上进，已经是个副处级干部了。

通过这个男人和他两任女友的故事，我发现，相对于枯燥的秩序来说，男人更害怕紊乱，过分有序最多心里有点郁闷，但大多数人，并不真的把自己的心，看得多么重要。

这种心态，也体现于对这首《小星》的解释上。

从字面上扫一眼这首诗，会觉得它和爱情没有半点关系，这不就是一堆牢骚嘛。像是描述小公务员生活，“嘒彼小星，三五在东。肃肃宵征，夙夜在公”，赶着夜路去出差，不知道是去收税呢，还是押解犯人呢，跟《式微》里那位有点像，他披星戴月地奔波公务的路途上，不敢有半点差错。从“抱衾与裯”看，他还得自带被褥，可能那会儿驿站网点不够健全，也有可能是他去的地方比较偏僻，需要像个驴友那样露天野营。

后来听说，“抱衾与裯”的“抱”，不是指“抱着”，闻一多解释为“抛开”，此人不是像我想当然地以为的那样，背着行李急行军，而是抛开了家中温暖的被窝，奔波在漫漫路途上。

不管怎么解释吧，这首诗说的是“一个苦逼的小公务员”总该没错吧？可是，古代的先贤们却不肯放过他，也不知是谁先起的头，竟然发现大半夜不睡觉的这个人不是男的，是女的，而且是一个小妾，她在正房和偏房之间来往。“见星而往，见星而还”，完事了就走人，她不敢整夜待在正房，还不觉得委屈，天生就是这个命，没啥好说的。

嗯，这位“小星”即使不是史上最懂事的妾，也当是有史记载的最早的懂事的妾，历代释者解到这里，都会将她赞扬一下，稀奇的是，他们轻描淡写地赞扬过台前的小妾之后，开始浓墨重彩地赞扬幕后的大老婆，她是没出场不错，但要不是她顾大局识大体，哪有小妾“肃肃宵征”的分儿？

古代文化人轻易不提自家老婆，最多淡然来一个“内子”如何，都是纯客观描述，不带主观色彩，我们唯有从这争前恐后热情高涨的赞扬声里，窥到他们真实的想法。他们那样推崇人家的“夫人”，或者说明他们对自家“夫人”的不满：若是都能像《小星》里这位这么“不妒”，他们该有多么轻松和幸福啊。

咱们现在光知道男人是婆婆和媳妇之间的双面胶，在遥远的古代，他们还是大老婆和小老婆之间的双面胶。名义上大老婆是主子，小老婆有一半个奴才，可是有几个男人架得住小老婆甜蜜蜜地撒个娇呢？当东风西风互不相让，鸡犬不宁让人头大，男人们夹在中间左右灭火，情调和性福都要被打个折扣。在金枝欲孽式的妻妾拉力赛中，男人的利益被损害了。就算她们的出发点都是因为爱他，可是，光有爱，没有秩序，就什么也谈不上。

《小星》体现的，正是一个有序的状态，妻妾各司其职，从容本分，共同对这个男人负责，从不打着爱情的幌子，给男人添堵。想象那个家庭中的空气，一定像泛黄的画卷上表现得那么安详，在居室的拐角，日与夜的交替间，女人们按照自己的身份出没，发髻高绾，低眉顺眼，没有怨尤，没有情绪，充斥于整个画面之上的，是秩序，有了秩序，才能让岁月静好。

无论是对《小星》里妻妾有序的推崇，还是我朋友的前男友有节制的爱，都显示了男人的某种价值取向，对于他们来说，爱情只是生命过程里一个环节，他们在事业上的野心，远远大于爱情理想，修身齐家治国平天下，家庭是一个不得不通过的环节，是用来“齐”的，是需要用理性精神来处理的，是通向“平天下”这个终极目标中的一个关口，他们要打这儿过去，而不是停下来。

《史记》里说，尧想考验舜，把自己的两个女儿娥皇和女英都嫁给他，这是一个很棘手的局面，搞不好就弄成三个人的危险关系。但舜是一个高人，让两个女人相处得很融洽，他一定是不爱她们的，再伟大的爱情，都带着不稳定的基因，尧把两个女儿而不是一个嫁给他，就是想考验他能否超越情感，动用谋略，将这最棘手的关系理顺，若是他能够做到，就有治理天下的潜质。

尧和舜是特例，但中国大多数男人，心中都有一个伟人梦。他们看不上贾宝玉式的爱情至上，不需要一个女人死去活来地爱自己，林黛玉式的爱情，只会制造紊乱。以我女友的前男友来说，他未必不享受和女友在一起的时光，但是这跟他心中的正常的、主流的价值观是不合拍的，他于是感到不安了。

王蒙曾说，林黛玉式的爱情是可怕的，被她这样的人爱上了，固然有甜蜜醉人的时候，可也经常被她逼得恨不得跳井。很多年之后，年过古稀的老王蒙修正了自己的观点，他不只一次说，林黛玉的爱情是可怕，可是假如能被她爱一回，就算被她逼得跳了井，那也是值得的！

窃以为王蒙同志改口，是此一时彼一时也，起初他是在路上，有追求有志向也就有牵绊有妥协，林黛玉式的爱，让他不安，如今，他经历了几起几落，得到过也失去过，作为一个过来人、旁观者，他已经直视生活的本质了，撇开一切顾虑，用自己的手掌，去触抚生命的质感。

这种个体的情感体验，在弄理学的那帮人眼中是微不足道的，胸怀大志的他们，要剪去一切事物的枝丫，完全地纳入他们的框架之中，建立一个井然有序的世界。他们时时为自己那套逻辑寻找注脚，连妻妾之间的那点事也不放过，说到这儿，还真得佩服他们脑洞开得够大，虽然，听上去有点神经兮兮的。

诀——别

《邶风·终风》

终风且暴，顾我则笑。
谑浪笑敖，中心是悼。
终风且霾，惠然肯来？
莫往莫来，悠悠我思。
终风且曀，不日有曀，
寤言不寐，愿言则嚏，
曀曀其阴，虺虺其雷。
寤言不寐，愿言则怀。

1. 调情有时是爱情的先遣部队，有时不是

张爱玲在《我看苏青》一文里说，苏青是高等调情的最好对象。“调情”两个字，来得刺眼，像是讽刺，调情的最好对象，很容易让人想起声色场所里衣着暴露的妖冶女郎，一脸潋滟的笑，招来浮花浪蕊无数，彼此交换着不走心的暗示，或是无处着落的许诺。一个女人被另一个女人目为调情的最好对象，多半是说她比较轻浮或是无知吧，不值得人交付真心。

但张爱玲著文，押的都是险韵，加上“高等”二字，这调情的性质便有不同。这种调情不只是言辞上的你来我往，低等调情，彼此都知道是假的，趣味也就大打折扣。

高等调情，要似有一些真心在里面，张爱玲写这个最拿手，《倾城之恋》与《白玫瑰与红玫瑰》的前半部分，以及《殷宝滟送花楼会》的整体，都是高等调情，看上去是过了心，动了情的，突然间峰回路转，让人有一脚踏空的错愕。

《白玫瑰与红玫瑰》里，佟振保与王娇蕊似乎也都动了真心，佟振保曾为王娇蕊流过泪，有那么一个片刻，“许多叽叽喳喳的肉的喜悦突然静了下来，只剩下一种苍凉的安宁，几乎没有情感的一种满足”，似乎这感情已臻化境，但看到后来，我们才知道，佟振保的心，有如庭院深深，即便是王娇蕊，有一半她能到，还有一半她到不了。这一场闹中取静的情事，到终了，仍是一场高级调情。

似乎很少有作家对“高等调情”这件事，像张爱玲这么敏感，它处于调情与爱情之间，既非浮浪公子的逢场作戏，也非古典爱情中的忠贞不渝，它是处于巨大的不安全感不确定感的人们，给自己的一个缓冲，在一半真心一半假意的试探中，确定自己的落脚点。《红玫瑰与白玫瑰》里的佟振保选择了割舍，《倾城之恋》里，高级调情却皆大欢喜地，转化成了爱情。

《倾城之恋》里的范柳原，堪称调情高手，他循序渐进，先从最低级的开始，“柳原倚着窗台，伸出一只手来撑在窗格子，挡住了她的视线，只管望着她笑。”当白流苏说：“我什么都不会，我是顶无用的人。”范柳原笑道：“无用的女人是最厉害的女人。”

这种话，还像是欢场里的随口道来，在浅水湾饭店旁边，范柳原的另一段表白，才更有杀伤力：“有一天，我们的文明整个的毁掉了，什么都完了——烧完了、炸完了、坍完了，也许还剩下这堵墙。流苏，如果我们那时候在这墙根底下遇见了……流苏，也许你会对我有一点真心，也许我会对你有一点真心。”

妈呀，幸亏白流苏没有太多文化，这是她的防火墙，要是碰上我等文学女青年，岂不是马上三魂去了五魄？而他接下来又固执地、哀恳地说：“我要你懂得我！”这种对于女文青最有效的大杀招，在白流苏身上却不怎么见效，她嘴里说着“我懂得我懂得”。心里却想着自己在月光下的脸一定很美吧，白流苏应承他的话，不过是希望他能娶她，得到一张长期饭票。范柳原也不是吃素的，见她如此，马上换了一副声调，与她说笑起来。

高等调情的本质，如张爱玲在《我看苏青》里所言，是保持距离感，细细密密的情话，不过是为了在打动对方的同时，运动一下自己的心脏，仿佛不忘初心，仿佛还没有被时间与世故风化，即使这调情里带有些悲伤的意味，也是一种精神享受。比如《倾城之恋》里最经典的桥段，范柳原在自己的房间里看着月亮给白流苏打电话。

他对她说："我爱你。"跟她讲《诗经》里的句子，死生契阔，与子相悦，执子之手，与子偕老。他说："我看那是最悲哀的一首诗，生与死与离别，都是大事，不由我们支配的，比起外界的力量，我们人是多么小，多么小！可是我们偏要说：'我永远和你在一起，我们一生一世都别离开。'——好像我们自己做得了主似的。"

这是无数女文青再三品咏的名句，但没文化的白流苏却立即看到问题关键：你不就是不愿意娶我吗？用得着绕这么大一弯子？——我们不能说，不以结婚为目的的恋爱都是耍流氓，但单身者不以在一起为目的的瞎抒情就是调情。虽然范柳原情有可原，他是因为怀疑白流苏并不真的爱自己，才留下余地，可是，因了对方的距离，自己也留出距离，这种审慎，与真正的爱情无关。

还好战争终结了这场看上去让人绝望的调情，兵荒马乱抽取了调情的闲情逸致，他俩只好相爱了。月亮的力量终究不如战争强大，但是，有几人能有白流苏这般幸运？有一场战争，为了她的爱情从天而降？

于是我们常常会看到这样的问题：他都那么说了，这难道不是爱情？他都为我做这么多事情了，这难道不是爱情？他看上去那么诚恳真挚，这难道不是爱情？他为我受过伤落过泪，这难道不是爱情？

哦，如此种种，可能都不是爱情。甚至最擅长描写高级调情的张爱玲，有时候，也会分不清调情与爱情。比如她与胡兰成的初识，就是从调情而起，胡兰成对她说："你这么高，怎么可以。"言下之意是，你这么高，和我怎么可以。这种调情，若是出自不喜欢的人，会觉得被冒犯，若是本来就心中有意，会觉得是轻微的试探。

然后他们相爱了，胡兰成爱恋她，关于她的一切，都觉得好，张爱玲则向他呈出自己整个世界，即使后来两人分离，张爱玲也曾千里寻夫，为之憔悴神伤。但是，《小团圆》里有一句话，点出两人之间，也不过是一场高级调情，当九莉告诉邵之雍，她因为他别有所恋而痛苦时，邵之雍并不为所动，只是等她说下去，九莉瞬间领悟："他完全不管我的死活，就知道保存他所有的。"

这才是真正的距离，张爱玲所以为的爱情，在胡兰成那里，不过是又一场高级调情，即便他俩已有婚书，那婚书只有一张，做不得数，况且胡兰成曾说，他是爱女人尊重女人的，具体表现为，他看到每一个女人，不管高低贵贱，都可以想象自己娶她为妻。

分辨高级调情与爱情足够令人烦恼，把高级调情转化为爱情，则更是很多女人痛苦的根源。《红楼梦》里，贾宝玉对林黛玉说：“我就是‘多愁多病身’，你就是那‘倾国倾城貌’。”简直是在表白了，但林黛玉马上就怒了，觉得自己被轻薄了，要告诉舅舅去。

《诗经》里这首《终风》，将被深爱者调情的痛苦写得更真：“终风且暴，顾我则笑。谑浪笑敖，中心是悼。”这男的看上去态度挺好的，会说会笑的，女子却悲伤起来，爱情是严肃的，因为你看重，所以你紧张，因为你紧张，你就没法那么挥洒自如，爱情把你从自由王国逼进了必然王国，你望着条条迷途，心中充满惶惑。除此之外，庄重也是对于爱情的尊重，卸下面具，洗尽妆容，以最为诚恳与干净的态度，与它赤诚相对。

而《终风》里的这位男子，谈笑风生，戏谑轻薄，他的话语也许很幽默，他说的段子也许很有创意，她望着他，默默地倾听，面色苍白，有悲伤的潮水扑过来，一下一下地，冲刷着心中那昏暗的荒滩。

有人说，说爱情的伟大之处，在于消灭了调情。可不是，当你真正爱上了对方，你就不愿意有一丝的夸张，世间最经典的情话，相对于你的爱，都显得浮漂，贴不上，当此际，也许要套用那句未必十分合适的名言：当我沉默时，我觉得充实，而我将开口，我感到空虚。爱情让人无法伶牙俐齿。

爱情是个化腐朽为神奇的东西，把平凡变伟大，把瞬间变永恒，当它作为一道光芒照在你身上时，你会觉得你渺小的人生从此也与众不同；调情则是把你独一无二的自我，打入芸芸众生中，你跟她们没什么区别，他对你跟对她们，也没什么区别。

不过，说了这么多，也不必对调情过于否定。你不能指望一个陌生人瞬间就对你有伟大的爱情，调情有时是爱情的先遣部队，是不知所措者的权宜之计，它试探，前进，进一寸有一寸的欢喜，直至从量变到质变。但是，有些调情就别做这种指望了，它以调情始，以调情终，桥归桥，路归路，泾渭分明，井水不犯河水。这成了很多男人与女人之间最大的分歧，不幸的是，即使到了这个年代，依旧常常是男人是调情爱好者，女人却想沙里淘金地找到爱情。

像王娇蕊，她倾己所有，只换得一场绝情的驱逐。被张爱玲盛赞为“高等调情的最好对象”的苏青也非内中高手，她和胡兰成一场云雨之后，开始责怪他“不负责任”。张爱玲也说：“可是她太认真了，她不能轻松，也许她自以为轻松，可是她马上又会怪人家不负责。”听上去张爱玲对苏青和胡兰成之间的关系了如指掌，她也许以为自己和胡兰成之间是爱情吧，拥有爱情的人，居高临下看别人的调情。

可惜天道好还，这世上本来调情就多于爱情，身处文化圈，更别奢望自己是个意外，不过，人世如此寂寞，有那么一段调情，也算填补了寂寞青春。人生本来就是这样一言难尽，只能体验，无法总结，是耶非耶，俱在一念之间，总之，你高兴就好。

《卫风·氓》

氓之蚩蚩，抱布贸丝。匪来贸丝，来即我谋。
送子涉淇，至于顿丘。匪我愆期，子无良媒。
将子无怒，秋以为期。

乘彼垝垣，以望复关。不见复关，泣涕涟涟。
既见复关，载笑载言。尔卜尔筮，体无咎言。
以尔车来，以我贿迁。

桑之未落，其叶沃若。于嗟鸠兮，无食桑葚；
于嗟女兮，无与士耽。士之耽兮，犹可说也；
女之耽兮，不可说也。

桑之落矣，其黄而陨。自我徂尔，三岁食贫。
淇水汤汤，渐车帷裳。女也不爽，士贰其行。
士也罔极，二三其德。

三岁为妇，靡室劳矣；夙兴夜寐，靡有朝矣。
言既遂矣，至于暴矣。兄弟不知，咥其笑矣。
静言思之，躬自悼矣。

及尔偕老，老使我怨。淇则有岸，隰则有泮。
总角之宴，言笑晏晏。信誓旦旦，不思其反。
反是不思，亦已焉哉！

2．梦里花落知多少

王蒙的《新疆精灵》里，写到一个女孩子，爱上了一个男子，遭到全家人的反对，她仍执意相随，舍弃父母家人和正式工作，远赴他乡嫁给了他。这样天崩地裂的爱情却没有得到一个好的结尾，经济上的困窘导致感情日益苍白，闹得一地鸡毛，颓然而终。

听上去很像一个《警世通言》里的故事，接下来可以引出一番语重心长的训诫，不听老人言，吃亏在眼前啊，然而，王蒙却说，虽然他也为这个故事的结尾感到难过，但还是相信，这个女孩子一定得到过别人所无法想象的快乐。

王蒙这话说得敦厚。那些貌似善良的关心、同情与训诫，从根本上否定了女孩子的爱情，好像她一路走来，只是为了证明这是一个错误，伪善的嘴脸背后，是不道德的正中下怀。

王蒙这话说得也智慧，事物有两面，都说爬得高摔得重，侧重于强调摔下来的痛苦，可是，那些一辈子伏在低处的人，永远不可能了解在高处的快乐。

是否，我们太缺乏安全感，像歌里唱的那样“一开怀就怕受伤害”，“开怀”是过程，“受伤害”是可能的结果，我们习惯于把结果放在过程之上，可是，从根本上说，人生是没有结果的，只有一个又一个过程。

假如仅仅看结果，《氓》是一首悲伤的诗，朱熹哼着冷笑说："此淫妇为人所弃，而自叙其事以道其悔恨之意也"，方玉润算是温厚一些，说"为弃妇所做也"，又说她"未免为情所累，以致一误再误，至于不可说"，他同样认为，这是一首悔恨之作。

悔恨当然有，但不只是悔恨，细细碎碎的小甜蜜载浮载沉，在他情断义绝之后，她仍然，不能改变那段记忆的底色，些许惘然如指间漏下的沙，覆盖于其上，绰约而漫漶。

字典上对"氓"的解释是，"外来之民"。远古的农业社会，人们轻易不会离开一块土地，移民的原因多是出于不得已，例如遇到天灾人祸了。俺的家乡在淮河岸边，曾经这里时常泛滥，两岸的人来来去去，各色人等不断被稀释和勾兑，但共同的命运，亦使他们的性格里有一些相似的气质。

直面苦难使他们彪悍，求生本能又使他们狡黠，他们有时醉生梦死，有时生机勃勃，大多数属于多血质者，尊重自己的欲望。

流离失所的生涯，惯看离别与覆灭，知道没有天长地久可以去期待，更在乎抓住现实眼下。我曾经在一个村庄小住，听说那里私奔事件层出不穷，我不认为是他们更多情，而是，他们不磨叽，不会像越剧里那样咿咿呀呀地打许多哑谜，终究还是花自漂流水自流，闷骚上一辈子。

《氓》里的这个男子，亦是这种风格，很主动，很生猛。“氓之蚩蚩，抱布贸丝。匪来贸丝，来即我谋。”他笑嘻嘻地来到集市上，说什么拿布——这个“布”为“布泉”，货币——换丝，他哪里是换什么丝啊，根本就是到我跟前纠缠。

有学者说，这几句诗体现了“氓”狡狯的德行，为什么我看到的，却是一种惆怅的甜蜜？他的那点小伎俩，小滑头，曾几何时，是否是他与她心照不宣的秘密？是开在心头半明半昧的花朵？一个“谋”字用得也好，纠缠的，撒娇的，无赖相的，贼兮兮的，像《红楼梦》里说宝玉在凤姐面前，“扭股儿糖似的”。那时宝玉还小，倚小卖小，“氓”显见得是成年人了，可是，爱情能够把人变小，再成熟的男人，在爱人面前，也会露出孩子气的一面。而女人如果爱他的话，一定会心动于那份孩子气。

不过，他“谋”的那事儿，可不是孩子气的，诗里没有明说，结合上下文可以看出，就是“婚前性行为”。道德家对于“氓”的批判多是基于这件事，所谓始乱终弃，但是对于彼时彼地恋爱中的女人来说，可能是另外一回事。

看过一个笑话，说，一对男女恋爱很久了，还没有“实质性”进展，有一天，女人对男人说，我听说一个男人的手臂，正好跟一个女人的腰围一样长，男人很实在地回答，是吗？可惜我没有带尺子。

我一直记得这个《故事会》上看到的笑话，我觉得它说明一个问题，女人是不喜欢男人动手动脚，可是，当她喜欢的男人老是不动手动脚，她心里也会不踏实起来。他不“谋”，会让她猜测他是不是对自己没有感觉所以没有欲望，一个过于规矩的男人，也会让人犯嘀咕。

她愿意他有所求，但这不意味着她就一定会答应，女人喜欢的就是被“谋”的那个感觉，就像余华曾笑言，“电话可以不接，但铃声不能不响”。现在铃声响了，她没接，她还是理性地“送子涉淇，至于顿丘”，而不是“舒而脱脱兮，无感我帨兮，无使尨也吠”。

“匪我愆期，子无良媒”，她只是个普通的等爱的女孩，不是敢爱敢恨的奇女子，即使心泛涟漪，仍然坚持某种日常的程序，当他像个孩子那样因为被拒绝而愠怒起来时，她像个小母亲那样，婉转温柔地为他指明方向：“将子无怒，秋以为期。”

在秋天到来之前，她保持着一个等待者的姿态，“乘彼垝垣，以望复关。不见复关，泣涕涟涟。既见复关，载笑载言。”她登上那高高的城墙，眺望他的车子，不见他的车子，她泪水涟涟，看见他的车子，她才能够载笑载言。原以为她等待的是一次约会，行文至此忽然怀疑，她等待的，莫非是他派遣来的“良媒”，她装作不留心地一次次登墙窥望，身边的那些人，她的亲人或是女友，谁能够从她骤阴骤晴的表情上，感觉到隐隐的车轮声？

一切正在有序进行中，媒妁，占卜，这些在外人看来烦琐而无聊的事，正是构成一个女人的幸福的重要环节，回忆起来也有被刺痛的欢喜吧。而当时一切多么顺利，像是一首华丽的华尔兹，滑到了最关键的时刻：以尔车来，以我贿迁。

我承认我对金钱比较敏感，少年时候听新疆民歌里唱：“带上你的妹妹，带上你的嫁妆，坐着那马车来……”觉得这个男的好过分，既惦记人家的妹妹，又惦记人家的嫁妆，长大后懂得这是男女戏谑之词，用不着那么严肃。但女子对于嫁妆是看得严肃的，我八十多岁的姥姥回忆往事，总不忘提及她的嫁妆里那一摞“细瓷小碗”，那不起眼的小物件上，凝聚着她对未来最美好的设想。我不知道《氓》里这个女子的嫁妆里都有哪些内容，当然没有细瓷小碗，也没有绫罗绸缎，可能不过是些普通家什，同样有她旖旎的情思。

她怀着梦想，朝着橙红色的未来奔去，婚后她遇到了什么，诗里还没做介绍，就先来了一段感慨：

桑之未落，其叶沃若。
于嗟鸠兮，无食桑葚；
于嗟女兮，无与士耽。
士之耽兮，犹可说也；
女之耽兮，不可说也。

传说中桑葚有酒意，食之会醉，爱情也是如此，让人不觉沦陷其中。然而男子陷入之后，仍然可以脱（说）离，女人一旦陷入爱情，便是万劫不复。

我对《诗经》起了大兴趣，正是因为这几句诗，中学的语文课上也背过“关关雎鸠，在河之洲”，老师说这是千古名篇，我却觉得与我有隔，情感字句都不恳切，如同面对泛泛之交，也说也笑，只求敷衍得过就行。看到这几句，才像见到了知己，能够心意相通，原来，早在《诗经》时代，就有人发现了男女之间的秘密，发现了男人爱情之短暂，女人爱情之绵长。

并非男人来自火星，女人来自水星，也不是因为男人是野生动物，女人是巢居动物，农耕社会对于体力的要求使得女人自然处于弱势，她纤弱的手臂无法征服世界，就只有征服男人这一条路可以走。她孤注一掷，把全部身家都押在这上面，不能失败，不可回头，看上去好像是一往情深之死靡它，实则生存处境使然。

男人没有这一道镣铐，他的天地无限宽广，梁山伯那样的情种原本是异类，所以男人这个群体常以花心的形象出现。

我们现在要说的不是为何“士之耽兮，犹可说也；女之耽兮，不可说也”，当《氓》里面这个女人沉痛地说出这番话，我感到了她对男人的原谅，她把他的薄情视为人性中的共性，而不是他特别恶劣，面对着那样坚固的规律，他作为区区个体，又有什么办法呢？

孔子说《诗经》，“温柔敦厚，怨而不怒，哀而不伤”，不能落到每一首上面去，《硕鼠》就很怒，《黄裳》就很忧伤，唯有《氓》是真的“温柔敦厚”，在讲述之前，就预先地理解了一切，原谅了一切。

让我们看看，这个男人到底干了什么？

自我徂尔，三岁食贫。淇水汤汤，渐车帷裳。女也不爽，士贰其行。士也罔极，二三其德……三岁为妇，靡室劳矣；夙兴夜寐，靡有朝矣。

真像陈建斌、徐帆演的那部《结婚十年》，女人嫁给一穷二白的男人，胼手胝足，为他操持家业，家境渐渐好起来，他移情别恋，爱上了别的女人。看到那个男人的薄情嘴脸，亦有习惯性的义愤，但也不是完全不能理解，让他那种多血质的男人，一生老实地守住一个女人，恐怕有点困难。

陈建斌饰演的男人，跟“氓”挺像，冲动、激情、孩子气，荷尔蒙分泌旺盛，并因此性感。正是这些，使得女人对他死心塌地，但也正是这些，使得他不大可能从一而终，他们都不是能管得住自己的人。

不同的是，现代社会里，女人还有自己的空间，可以慢慢舔伤口，春秋时候的女人，只有夫家与娘家，人多嘴杂的大家庭里，隐藏自己的悲伤是多么困难的事，当不知情的兄弟还拿她取笑，她心中惨伤，无法言说。

《诗经》里几次写到大家庭里立足的不易，我能够想象那状况，人数太多，摊薄了有限的亲情，增加了竞争的压力，便是至亲手足，也不免钩心斗角，在这样的环境里，无论是为自尊计，还是自我保护的本能，都让女人无法放下身段，扮演一个彻底的弃妇。

耿耿长夜，躬身自悼，连一个哭的地方都找不到，这才是人生里的大惨伤。

无从进退的困境里，她又想起他当年曾说，要与她白头偕老，言犹在耳，却只能增加她的哀怨。再进一步追溯到少年时代，总角时候便已经相亲相爱——我们这才知道他们原来是青梅竹马。那时他们立下遥远的誓言，说是永不改变，梦里花落知多少，无论是她还是他，大概都没想到，他们还会有这样一天。

女人徒劳的追忆真让人伤感，二十多年前，我还是个十来岁的小丫头时，去乡下堂姐家过暑假，凑巧她的母亲，我大伯的前妻也在。这位前伯母早已嫁人，偶尔来女儿家小住，她紧紧拉住我的手，眼睛里的笑容既惨淡又柔和，好像是他乡遇故知，又如握住逝去多年的一段人生。

堂姐家中逼仄，那晚我与这位前伯母同宿。四十多岁的伯母与我彻夜长谈，对大伯无一句怨言，说他都是上了别的女人的当。“夜半虚前席”，她近前来与我促膝，说起当年与我大伯新婚时候，黑白色的花样年华，如同电影里的画面，早就一去不复返之后，突然来了一个不真实的闪回。

《氓》里的这个女子的叙述，一如我的前伯母的追忆，是一个强作遮挽的手势，湮没于黑暗之前的一束火花，清绝的雪野上一声声回响，闪烁之际，令人鼻酸。

《郑风·遵大路》

遵大路兮，掺执子之祛兮，无我恶兮，不寁故也！

遵大路兮，掺执子之手兮，无我丑兮，不寁好也！

3. 不失态，不尽兴

我一向神经比较强韧，说“幻灭”这种词的时候，总不免要迟疑，到底是真的感觉到了这种东西，还是受到眼下行情的影响，觉得口吐这种词，能让我的小灵魂，显得比较高级？

但看冒辟疆的《影梅庵忆语》时，我确实感到“幻灭”。才子的自私阴冷俺在《她们谋生亦谋爱》那本书里有非常详细的论述，有兴趣者欢迎购买。这里要说的是佳人的死缠烂打，失尽身段。最让人受不了的是在某一回，冒辟疆原以为自己能皇榜高中，都松口要收董小宛了，不曾想啥也没考上，他心情恶劣，第一件事就是像驱逐一条狗那样驱逐这个紧跟着自己的女人。

冒大才子是够无情，可是，董小宛怎么能让对方这样对待自己呢？

应该很有尊严地飘走才对，不给他留下践踏自己的空间。可她竟是“痛哭相随”，一直跟到冒辟疆家门口，逼得对方不得不收起最后一丝温情，“冷面铁心”，她才失意而返。

“淮南皓月冷千山，冥冥归去无人管。”离别之痛，被放弃之苦，加上旅途坎坷，归途上，她的心里该有多冷。这么神伤一下下却也不是坏事，既然你已对我冷酷到底，我也就可以将你完全忘记了。

匪夷所思的是，归来后的董小宛，整个一“痴情女”的扮相，抵死穿着分手时的衣服，声称假如冒辟疆不要她，她宁可冻死。

失态，真是太失态了。董小宛也是一代佳人，秦淮八艳之一，混到这个份上，总该有两下子呀，怎么可以情商这么低呢?

当然，我也不比她高明多少，这见识全拜读书时候宿舍里的一位大姐所赐。那会儿我们有个室友，也像董小宛这样，华丽丽地失了恋，不管她怎样低声下气，放下身段，那个薄情男就是不松口。

她回来跟同学们哭诉，大家都报以同情，只有一位大姐叹道，你根本就不该那样，你应该这样说，那好吧，我祝你们幸福。如果他已决心离开你，你还能留住自己的尊严，假如他内心仍然有点犹豫，你这样说也显得比较有气质，有一种吸引力。总之是进可攻退可守，多留多少余地。

茅塞顿开啊，原来爱情这件事，不但有勇还要有谋。可惜我那个女同学大错已经犯下，不可挽回，但前事不忘，后事之师，多年来我一直把这位大姐的教导记得很牢。

后来我没有遇到能够让我失态的感情，无从检验大姐所言的这个“真理”，只有看着人家失态干着急的份。董小宛这是一例，更让人接受不了的，是聪明警觉如张爱玲，居然也会失态。日本投降后，胡兰成逃到温州，张爱玲去看他，并要他跟其他女子有个了断，胡兰成不肯，张爱玲几乎急赤白脸了，她的失态，让胡兰成都替她感到悲哀，惊觉她原来不是自己想象中的那个仙女。

张爱玲倒霉在于遇到一个耍笔杆子的家伙，否则，天知地知你知我知，在人们无法注视到的角落里，不知道有多少人这样默默无闻地失着态，过后装作忘了，也能对自己说得过去。

最可怕的失态，是在大庭广众之下，地窄人稠之处，那么多双眼睛，那么多个大脑替你记着这件事，你想忘也忘不掉，装作忘了，也会有人“不经意”地提醒你。这样的恐怖残酷的事，就出现在说起来很文化很优雅的《诗经》里。

遵大路兮，掺执子之祛兮，无我恶兮，不寁故也！

遵大路兮，掺执子之手兮，无我丑兮，不寁好也！

光看字面，就能理解个大致，那女的在大街上，扯住那男的衣袖，苦苦哀求：别厌烦我啊，不要就这样把我丢掉啊。诗里没说那男的反应，估计脸色好不到哪里去，否则那女的也不用这么可怜，这么狼狈。

余华的小说《在细雨中呼喊》中，有类似的一幕，那个女孩被痞子玩弄后抛弃，她在大街上跟着他，痞子的奚落，看客的嘲笑，像飞旋的尘埃围在她身边，她的神情既坚定又恍惚，整个人处于真空状态。

在大街上失态，哪朝哪代都是难堪之事，春秋时候人口少，大家抬头不见低头见的，都能混个脸熟，那个女孩的失态落在熟人社会里，永无翻身之日。

女人的爱情犹如男人的事业，过于执着，就是一种不能容于世人的野心，大家都是这样平凡地活着，凭什么你期盼并要去制造生命里的奇迹？对于成功者，大家只能服气，比如跟着男人私奔了的女人，固然也是道德破产者，但人们心里，未尝不佩服她能让一个男人为她舍家抛业的本事。这世上的事，都是成则王侯败者贼的。

而失恋者，就没有“成功”做保护，人们就没有顾忌了。所以，不幸失恋的人，一定要保护好自己的秘密，而这个在大马路上失态的女人，她无遮无拦地暴露在天光下。朱熹解释这首诗时，说“淫妇为人所弃……”轻描淡写的口气，隐隐有落井下石的快感。

但是，那一天，我的一个女友说起她早年的失恋加严重失态，竟让我有了另外一种感觉。

我的这个女友，看上去温柔娴静，用网络语言就是，“弱弱的”。就是这种人，一旦激情被点燃会很吓人。恋爱时不说了，咱们重点说她的失恋，她竟然带了把刀，跑到那个人的楼下，说，你不下来，我就上去砍你。那厮也是个狠人，按掉她的电话就去拨110，后果可想而知，虽然，警察问明情况后就把她放了。

女友是个叙述高手，有一种不动声色的生动，望着她的黑眼睛，听着她的叙述，我竟然有一种羡慕，羡慕她有过这样激烈失控的感情经验。

不一定非得带把刀跑到人家楼下，我也不想进派出所，我羡慕的，是她那一刻的迷狂、激越、肆无忌惮。

常人内心都有种种禁忌，喝酒的时候提醒自己不要喝多，开腔的时候提醒自己不要说错，恋爱的时候提醒自己不要爱得比他多，失恋的时候提醒自己不要失态。看《投名状》，庞青云的脚步从薄薄的冰层上踩过，画外音是他内心的旁白：“我这一生，如履薄冰……”我怎么觉得像在说我，俺的小人生，虽然没有人家那么惊心动魄，内心不也是这样步步为营，唯恐行差踏错。

禁忌遮蔽了真实的感觉，你只能矜持优美地告别，保持着那份被规定的圆满。不能吐出肺腑之间的呼喊，不能把眼泪鼻涕抹在那个人的衣服上，你轻飘飘地挥一挥手就走了，这轻而浅的动作，对得起那天高地厚海洋般深切的爱情吗?

莫文蔚有首歌叫做《看透》，其中有两句歌词是这样的：“假如失去了你在你面前都没有崩溃，你可能会以为我们爱得不够对不对？”分手时候，她是做得很好很漂亮，但是她也因此怀疑，对方无法衡量出她的深情。与其说她是怕对方会错意，不如说，那样地爱过他的她，却竟然，能够这样心平气和地失去他，从头到尾都没有神经错乱一把，真让她不甘啊!

张爱玲的朋友宋淇说，在去温州之前，张爱玲的感情已经幻灭了，却非要去那一场，是想有个了断。那了断，是张爱玲给自己的，像她这样活得真切的人，是不可以以一个优美但不明不白的手势，打发掉一段感情的，她哭过了，求过了，表达过了，也爽过了，没有未尽之意了，这也是一种不“雾数”。

或者，换一种说法，不失态，不尽兴，失态一把，未尝不可。

《召南·江有汜》

江有汜，之子归，不我以。不我以，其后也悔。

江有渚，之子归，不我与。不我与，其后也处。

江有沱，之子归，不我过。不我过，其啸也歌。

4. 失恋者的“完美小黑裙”

美剧《欲望都市》里说，当你面容憔悴的时候，遇到前男友的概率就特别高。亦舒也说过相似的话。这法则看似没道理，却放之四海而皆准。

所以会出现这样一种现象，是因为，每个女孩子心中都有一个梦，希望自己在这样一种状态下遇到前男友：减肥减得正正好，妆容从来没有那样服帖过，最好穿着赫本在《蒂尼凡的早餐》里穿的那种完美小黑裙，光鲜夺目地出现在前男友的面前，让他惊诧，后悔，不由自主地想上来献点小殷勤，而她，只是优雅地有距离地一笑，“对不起，我老公在那边等我”。

爱情这件事，不只是吸引，还有征服，男人女人，互为对方的江湖，被人追，那是占据主场，两情相悦，那是双赢，被人甩，是淘汰出局，一旦分手，不单有失去的痛楚，还有一种挫败感，像冰裂纹一样，隐秘又随意地蔓延。

好胜心强的女孩子，会觉得那是一个人生污点，明晃晃地搁在那里的一块失地，她总想以某种方式收回来，比如说，要他回头，要他重新用爱慕的眼光注视你。

遗憾的是，生活不可能按照你的设计图纸来，万恶的前男友永远现身于你的状态不那么好的时候，仿佛存心似的。

其实是正相反，是他的出现提醒了你，你用一个已经把你甩掉的男人的刁钻目光打量了自己一下，原本的乏善可陈，忽然就变成蓬头垢面了。

如何让你遇见我，在我最美丽的时刻，这样一种期盼，也许在分手后，比在分手前来得更加强烈。无奈那种时刻太难遇到，好在我们还有强大的想象力，在虚空中，把缺席的他，抓过来，放在现场。所以，风光得意的时候，我们绝对不是一个人在面对，想象中，蓬勃的裙裾下，还畏缩着那么沮丧懊恼的一个他。

《诗经》里的《江有汜》，是不是这样一场内心戏呢？

江有汜，之子归，不我以。不我以，其后也悔。
江有渚，之子归，不我与。不我与，其后也处。
江有沱，之子归，不我过。不我过，其啸也歌。

大多书上解释为，这是一个“男友结婚了，新娘不是我”的故事，“归”，多指女孩子嫁人，通篇读下来，可译为：大江有分流，新娘始来归，他不跟我好，一定会后悔。这个女孩子，看着负心人吹吹打打地娶新娘，心中大怨恨，对着大江发出声声诅咒，说你将来会后悔。

这说法当然是通的，不过古代诗文没标点，有多义，若是在“之子归”三字之后画个句号，这首诗就有了另一种解释。大江依然流日夜，依然有女子要嫁人，但不是男人的新娘，而是那个被甩的女孩子，要另嫁他人。

她坐在花轿上——不知道那会儿有没有花轿，反正作为独一无二的女主角，很风光体面就是了。她成功地嫁掉了，这事实就是一种示威：哼，不跟我好！不跟我好，现在后悔了吧？

接下来，她又设想他是怎么个后悔法，“不我过，其啸也歌”，孤帆远影碧空尽，人去楼空事已休，那个没眼光的家伙悔断肝肠也没用，只能空自啸歌，发泄万般愁绪。

事实到底怎么样咱们没法知道，理论上说一般失去之后才会觉得珍惜，但是若这个负心汉已有美人在怀，想象他的后悔，有点太早了吧？

所以这个嫁人的“之子”，是这个叙述者的可能性更大一点，她仿佛是用旁观者的眼光打量这场悲喜剧，这本身就带有点YY的成分，我甚至进一步怀疑，这个“之子归”的大场景，都有可能是她的一场白日梦。

也许她刚刚失恋，心中疼痛，向隅而泣，无法自赎，已逝的恋情有如江水起伏，空邈颠簸无法收束，她只能依靠自己的想象力，想象若有一天，她另嫁他人——“之子归”，他会不会后悔？会不会像此刻的她一样，疼痛得要大声啸歌？

女人和一个男人对峙，往往要借助另一个男人的力量，这是没有办法的事。有那么多女孩子，受伤之后迫不及待地扑到另外一个男人怀中，好像他是温暖的依靠，也是锐利的武器，她们指望着用这种方式还那负心人以颜色。仓促中的投奔，使她们往往来不及选择一个合适的下家，所有的快乐，都在嫁人的那一瞬透支了，只为做出一个绝美的手势，付出半生酸辛。

好在，这种极端的情节，并不经常在生活中出现，大多数人，做做白日梦就算了，即使急急投向另一个怀抱，疼痛稍减之后，也还来得及改过。从激烈的情绪中拔出脚，重新淌进现实这不急不缓的河流。做做“完美小黑裙”的梦就好了，让他对着自己的婚礼“其后也悔”的场景太夸张。

然而现实残酷，连“小黑裙”之梦也难兑现，一次又一次，在嘈杂的大街上，或寂静小巷的拐角，不期而遇的他看到的都是你欧巴桑一样的扮相，命运是个眨着眼睛的小促狭鬼，你真的拿它没辙。

《召南·行露》

厌浥行露，岂不夙夜？谓行多露。

谁谓雀无角？何以穿我屋？谁谓女无家？何以速我狱？虽速我狱，室家不足！

谁谓鼠无牙？何以穿我墉？谁谓女无家？何以速我讼？虽速我讼，亦不女从！

5．爱情恐怖分子

让我们先来看一首诗：

薄罗轻剪越溪纹，鸦翅低从两鬓分。

料得相如偷见面，不应琴里挑文君。

这是一首赞美诗吧，夸一个女人长得漂亮，产自越溪的薄罗暗示着窈窕的身段，鸦翅般漆黑的双鬓后，应有活泼俏丽的眼神，这些都是形容美人的套话，更夸张的是，诗人说：假如司马相如偷偷地窥见过她，一定不会用琴声去挑逗卓文君了。

司马相如和卓文君的“琴挑”，是历史上的佳话，这位诗人打破佳话，夸下海口，已经够雷，更雷人的是，就这个体例，他一口气写了一百首。

千里长江旦暮潮，吴都风俗尚纤腰。
周郎若见红儿貌，料得无心念小乔。

通宵甲帐散香尘，汉帝精神礼百神。
若见红儿醉中态，也应休忆李夫人。

青丝高绾石榴裙，肠断当筵酒半醺。
置向汉宫图画里，入胡应不数昭君。

……

按照他的说法，什么小乔啊，昭君啊，李夫人啊，见到红儿都得靠边站，在这百首绝句中，诗人不但将四大美人一网打尽，还将一切犄角旮旯里的美人全部惊动，说来说去就那么一句话，她们再好，也没有红儿好，只怪红儿生不逢时，才使她们成名啊。

说实话，这一百首绝句我没能从头看到底，诗人疯了，我不能跟着他疯。看了十几首后，我用我冷静的头脑判断，如果这不是疯狂的马屁，就是疯狂的痴迷，将关于这组诗的幕后资料看过后，我基本上可以判断，是后者。

这百首“疯狂绝句”的作者叫罗虬，唐朝人，和那个写下过“今朝有酒今朝醉”“任是无情也动人”的罗隐，以及另一个叫罗邺的诗人并称为“三罗”。而诗里的“红儿”，不过是个歌妓，他犯不着去拍她的马屁。当然，歌妓里面也有牛的，比如薛涛同学上层路线就走得非常之好，人人都得让她几分，但这位在罗虬笔下倾国倾城不世出的红儿，没有这个能耐，她只是一个寻常的歌妓，最后无辜地惨死在歌舞场上，也没有为她伸腰张目，那个杀人犯逍遥法外不说，还将这事儿，当成一段光辉历史卖弄。

那个杀人犯就是罗虬，这百首绝句，是在他杀掉红儿之后写下的。

话说当年他屡试不第，去鄜州投奔一个名叫李孝恭的官员，充其下属，混口饭吃。这事，很多文人都干过，干得很不愉快，那种战战兢兢如履薄冰的生涯，跟文人的性情很不搭，但是这位罗虬先生，不管那一套，照样能够做到“狂宕无检束”。

这日他跟着李大人一道喝花酒，座中有位官妓杜红儿生得花容月貌，让老罗不由看直了眼。他拿出小弟的憨直，张嘴就跟李大人要，李大人说，这姑娘已经许配给别人了。罗虬浊血上头，拂袖而去。“明日，手刃杀之”。

就那么把杜红儿杀了，上面也没见怎么样，也就是把他关了一下，不久遇到大赦，就放出来了。放出来之后，罗虬写下这百首《比红儿》——将所有美女与红儿相比，有人说他是表达忏悔之意，这个意思，我没看出来。

毫无疑问，罗虬这个人，有点精神障碍，属于偏执型人格。他得不到红儿很不爽可以理解，但也不能手提钢刀，跑去把人家杀掉。杀人之后，还写这百首赞美诗，也像一个疯子的行为，一个爱情恐怖分子。

爱情恐怖分子是很可怕的一个群体，他们平时很正常，你跟他刚接触时，没准还会觉得他很好，因为他看上去很深情很爱你的样子。

女人都是希望被爱的，就算爱她的人不是她所爱，有毛病，挺古怪，她们也会因为感激外加自恋，对他的评价略高一点。因此，在与爱情恐怖分子初识的时候，她们很容易失去警惕，他的纠缠和粗野，从爱情这个角度解释，很容易得到原谅。

但是，一旦她们真的拒绝了他，噩梦就真正开始了。爱情恐怖分子的表现五花八门，有一点是一样的，那就是，我得不到你，就将你毁掉。罗虬就很典型，我读他的《比红儿》，只觉得那些字句一如武松当年血染鸳鸯楼之后，蘸着血在粉壁上所写，有一种嗜血的快感。

像罗虬这样敢持刀行凶的不多，但是爱情恐怖分子们各有各的法门，让你过不安生。《行露》里的女子，就碰到了那么一位。

厌浥行露，岂不夙夜，谓行多露。

那是一个被露水打湿的早晨，女子望着外面心中焦虑，她觉得自己该上路了，但是露水太深，她走不了。

谁谓雀无角？何以穿我屋？谁谓女无家？何以速我狱？虽速我狱，室家不足！

他明明已有家室，还想把她弄到手，爱和弄到手，就是两回事了。

“爱”是希望对方好，“弄到手”是想着自己好；“爱”是做不了爱人还可以做朋友，或是做亲人，最不济也是个默默的关注者，“弄到手”是做不了爱人一定会做仇人。《行露》里这个男人很有路子，被她拒绝之后，竟然想了个法子，找了个借口，将她告上法庭。

那个早晨，她一定是非常非常不快乐的，一种原本值得她感激的感情，弄成了这个样子，用现在的说法，她遇到的不是“桃花运”，而是“烂桃花”。

网络上有太多“烂桃花”的故事，原本柔情蜜意的男人，遭拒后马上翻脸不认人，就像《青蛇》里的许仙，看到小青不肯跟他私奔，脸一翻：你以为我不知道你们是什么东西？

“烂桃花”们手段多多，或是恶语相向，或是拳脚相加，还有在外围造舆论的，以及自虐的等。我就看到过有个女孩子写，被她拒绝的那个男人，竟然跑到她们宿舍楼的天台上，要往下跳。他是不是真的会跳下去我不知道，我只知道他想通过这个方式朝那女孩施压，以期达到自己的目的。

写到这里，我不愿再将那些恐怖分子冠以“爱情”两个字。“爱情”应该是个崇高的东西，这么说吧，我们知道世人都是肉体凡胎，啖腥食荤，一副臭皮囊衍生出许多不足为外人道的欲望，可是，当你爱时，你就会觉得，你爱的那个人是个例外，你想向他（她）靠近，像他（她）那样冰肌玉骨，水晶心肝。有把人变得更下作而不是更崇高的爱吗？那只是占有欲而已。

占有欲是不值得尊重当然更不值得感激的，《行露》中的女子下定决心：虽速我讼，亦不女从！当一个女子决定不爱的时候，往往比她决定爱还更坚定，我喜欢这女子不妥协的精神，在那个时代里，做到这点，真的不容易。

《诗序》上说，召伯听讼，主持公正，使“强暴之男不能侵凌贞女”。召伯真是个好人，难怪那么多人歌颂他。杜红儿就没这么好的运气，那个杀人犯蘸着她的血写下的诗句，还成了他流传千古的代表作，假如杜红儿于地下有幸一阅这些赞美诗——让我来替她设计一下台词，她是否会苦笑着说，我到底哪点儿好，你说出来，我改还不行吗！

《邶风·式微》

式微，式微！胡不归？

微君之故，

胡为乎中露！

式微，式微！

胡不归？

微君之躬，

胡为乎泥中。

6．胡不归，没地儿归

刚从学校出来时，有一阵子好生狼狈，在某单位里打工，每月工资240元，偶尔睡个懒觉迟个到什么的，还会被领导板起脸来训诫，心中戾气积累，有时便转化为冲天豪情，恨恨然也怅怅然地想，啥时候老子也不干了，俺，俺隐居去。

我心中一直有一个很美好的隐居梦，想象有朝一日，找一个幽深的村庄，盖上一明两暗那么一座房子，青瓦白壁，望之俨然，前窗有桃李，后窗有芭蕉，小院外是几株依依杨柳，像苏青家门口的那些柳树一样，一到春天，就抽出金色的枝条。冷夜雨，我躺在堂屋的竹榻上，听雨落如深潭，听时光的脚步轻轻碾过，忽有故人来访，门扉被敲响，我披衣惊起，看夜色中裹着一身肃杀寒气的这人，已是别后经年。

在苦涩青春里，我一遍遍地勾画着我的隐居梦，到了后来，都像是自娱自乐了。我知道它当不得真，风花雪月的背后，是要柴米油盐来支撑的，我没有在这个白日梦里设计自己的一餐一饭，但也清楚自己是不可能喝西北风的，所以，即使被现实挤兑得暴怒的时候，我也只是在心中疏狂一把，并不曾，真的掉头而去，把这个白日梦兑现。

像我这样，有冲动没行动的人，一定有很多吧？《诗经·式微》里的那个主人公，看上去就很像我的同道。

式微，式微！胡不归？
微君之故，
胡为乎中露！

“式微”之“微”是“衰微”，说的就是暮色四合的光景；“微君之故”的“微”，则是“为了”的意思。天光已经不早了，这个倒霉的人还奔波在路上，执行着一桩苦差事，他忍不住抱怨起来，“式微，式微，胡不归”，要不是为了“君”，我何至于起早贪黑，一脚露水一脚泥水的?

《列女传》里说这诗，又扯到某个王后身上，说是她不能得大王的欢心，有人劝她回去算了，她“终执贞一，不违妇道，以俟君命”。不用辩驳，也知道这说法不大着调。我更愿意把这首诗，看成是灵魂对于肉体的抱怨，因为，许多时候，我们的灵魂都是在为肉体服役，为它疲惫不堪。

最先提出灵魂为肉体服役说的，是陶渊明，他在《归去来兮》一赋中这样叹道：

归去来兮，田园将芜胡不归？既自以心为形役，奚惆怅而独悲？悟已往之不谏，知来者之可追。实迷途其未远，觉今是而昨非。

他说，快归去吧，田园都要荒芜了，为什么还不归去？既然已经知道灵魂在为皮囊服着劳役，又何必空自惆怅悲切？我懂得过去的错误已不可遮挽，也明白未来尚可追回，虽然误入迷途，好在所行不远，因此在这一刻，我感到“今是”而“昨非”。

一说起陶渊明的归隐，便是他“不为五斗米而折腰”，如果只是因了这冲冠一怒，陶渊明的气量未免过于狭小，不愤于区区一个督邮的狐假虎威，竟会改变自己的人生走向。事实上，陶渊明对于人世生死，有着超乎他人的理解，他知道人生苦短，不过是灵魂的暂寄之所，既然“富贵非吾愿，帝乡不可期”，又何必惶惶然不能随心所欲？选择自己喜欢的生活，比如“或植杖而耘耔。登东皋以舒啸，临清流而赋诗”的归隐。

“折腰”事件，只是压倒骆驼的最后一根稻草，陶渊明的愤怒不是冲着那位督邮，而是冲着营营役役窝窝囊囊的生活状态来着，他忍它已经很久了，这次，他一甩手，真的不干了。

比他略晚一点的鲍照，也发过类似的脾气，他做《拟行路难》说：

对案不能食，拔剑击柱长叹息。丈夫生世能几时，安能蝶躞垂羽翼。弃置罢官去，还家自休息。朝出与亲辞，暮还在亲侧。弄儿床前戏，看妇机中织。自古圣贤尽贫贱，何况我辈孤且直。

鲍照好像比陶渊明还火大，都准备“弃置罢官”、向上司递交辞呈了，想好了要享受小家庭的温馨了。可是看他一生履历，会发现，这次火大，不过是个小插曲，过了气头上，他还是该怎么着就怎么着，非但没有“还家自休息”，反倒一次次出山，辅佐不同的“主公”，最终在权力厮杀中遇害而死。

毕竟，像陶渊明这种能够“金刚怒目”的猛人少之又少——他那

“彭泽令”的身份虽然不是特别值钱，到底是国家公务员，起码好过种地吧？换一个人，怎么舍得？

一般人再怒，也会自问一句“娜拉出走之后会怎样？”一问就泄了气，知道那答案没法乐观。《红楼梦》里的丫鬟们，在贾府里有这样那样的不如意，但对于她们，最大的惩罚是，被撵出府去。被撵出去的人，不是很快死掉，就是出家做了尼姑，王蒙先生说她们“不奴隶，毋宁死”，纵然烈性如晴雯，也是要吃饭的。

张爱玲写过一个小戏，其中有个桥段，她自己都甚为得意。说是一家穷人，投靠到某个阔亲戚家，吃人家饭，端人家碗，少不了要看人家的白眼。这家男人怒了，拉起老婆孩子：我们走。可是他们能走到哪里去？张爱玲在这里一顿，这男人接着说：“走到楼上去！”张爱玲很不厚道地补充，吃饭的时候，他们自会下来。

没办法，人都要吃饭，假如娜拉式的出走是一个决绝的手势，到了张爱玲的笔下，这手势就突然无力下坠，走，走到楼上去！

陶渊明也面临吃饭问题，虽然他归隐之后，欢欣鼓舞地说：“少无适俗韵，性本爱丘山……开荒南亩际，守拙归田园”，却也掩盖不了他缺乏种植经验，导致“草盛禾苗稀”，收成不佳，最终“饥来遣我去，不知竟何之”的事实。同样善做田园诗，且受他影响极深的王维，都忍不住出语批评他的冒失：“尝一见督邮，安食公田数顷，一惭之不忍，而终身惭乎！此亦人我攻中，忘大守小，不恤其后之累也。”

王维同学不会干这样的事，尽管他也曾年少轻狂过，当年他为太乐丞，让伶人表演只能给皇帝欣赏的黄狮子舞，被贬为济洲司仓参军。此事之后，王维逐渐稳重起来，后来人生亦多波折，都是造化所弄，非他本人所为。

岁月流转中，王维从“相逢意气为君饮，系马高楼垂柳边”的少年，变成了“独坐幽篁里，弹琴复长啸”的禅者，他沉静了，协调了，澄明了，也主流了，对陶渊明的“一惭之不忍而终身惭”不以为然了。他也隐居，却是享受着一定的级别待遇在“辋川别业”里隐居，观望着“漠漠水田飞白鹭，阴阴夏木啭黄鹂”的胜景时，不用担心明天的早餐在哪里。

陶渊明与王维，形似神不似。王维有佳句：“渡头余落日，墟里上孤烟”，《红楼梦》里的香菱大为称赞，说这“余”和“上”两个动词是怎么想来的，林黛玉把陶渊明的“暧暧远人村，依依墟里烟”翻出来给她看，说原是从这句里面化来的，这句更加“淡而现成”。

林妹妹的诗歌观里，当有曹公的审美取向，陶渊明与王维的差别，正在于前者更淡，更枯高。而王维的诗歌是丰腴的，色彩明悦的，也好，但总不像陶渊明那样，淡到枯索，美在势态。

不消说本来就温柔敦厚的王维，也有猛人之名的辛弃疾，说到隐居梦，也免不了彷徨。话说那年他在江西安抚使任上，从五品的官职，他干得很不带劲，归意渐生，写下这样一首词：

沁园春

三径初成，鹤怨猿惊，稼轩未来。甚云山自许，平生意气；衣冠人笑，抵死尘埃。意倦须还，身闲贵早，岂为莼羹鲈脍哉。秋江上，看惊弦雁避，骇浪船回。

东冈更葺茅斋，好都把、轩窗临水开。要小舟行钓，先应种柳；疏篱护竹，莫碍观梅。秋菊堪餐，春兰可佩，留待先生手栽。沉吟久，怕君恩未许，此意徘徊。

他都说厌倦了，都说云中的鹤山上的猿在等着他了，还做好了规划，先种啥后种啥，一样样的很妥帖，怎么看都是一个决心坚定的可行性计划，就要往前冲了，却陡然来了个急刹车，在结尾处来了一句：沉吟久，怕君恩未许，此意徘徊。

究竟君恩深几许，会不会真的挽留，我们不得而知，只知道，若是他君臣情深至此，之前他怎会忧谗畏讥，惊怖不安？不过，也有人说，“怕君恩未许”只是个说头，他内心放不下那些正遭涂炭的百姓，也许真是这样？那么他就是传说中的英雄了，英雄的境界，不放在这里讨论也罢。

这里只说凡人，只说那跋涉在尘世泥水中的人，他一遍遍地叹息着，式微式微，胡不归？岂不想归？可是，归向哪里？没个地儿归，所以我们抱怨着，愤恨着，不甘心着，还是这样过完了一辈子，用张爱玲的比喻就是“好像在长凳上睡觉，抱怨着抱怨着，还是睡着了”。

《小雅·小宛》

宛彼鸣鸠，翰飞戾天。
我心忧伤，念昔先人。
明发不寐，有怀二人。
人之齐圣，饮酒温克。
彼昏不知，壹醉日富。
各敬尔仪，天命不又。
中原有菽，庶民采之。
螟蛉有子，蜾蠃负之。
教诲尔子，式穀似之。
题彼脊令，载飞载鸣。
我日斯迈，而月斯征。
夙兴夜寐，无忝尔所生。
交交桑扈，率场啄粟。
哀我填寡，宜岸宜狱。
握粟出卜，自何能穀。
温温恭人，如集于木。
惴惴小心，如临于谷。
战战兢兢，如履薄冰。

7. 我是一只小小鸟

我说过对“幻灭”这个词一向敬而远之，并非对这个词反感，相反，倒因为对它太尊重，看到有人每每用它滥情，心中默默自警，千万不可以这样。

有将幻灭写得刻骨的，比如鲁迅先生，他在《故乡》的开头写道：

我冒了严寒，回到相隔二千余里，别了二十余年的故乡去。

时候既然是深冬；渐近故乡时，天气又阴晦了，冷风吹进船舱中，呜呜的响，从篷隙向外一望，苍黄的天底下，远近横着几个萧索的荒村，没有一些活气。我的心禁不住悲凉起来了。

啊！这不是我二十年来时时记得的故乡？

“每个人的故乡都在沦陷。”大多数人，即使心中有千百种失望，也会构造出温柔旖旎的语言，装饰一个游子的情怀。鲁迅先生的文字，就有那么一种外科医生似的残忍，切开灵魂的腠理，剔出最为细致微小的脉络，他不怕让自己痛。

对闰土的描述，也是如此，这当年的玩伴，记忆里在金色沙滩上手持钢叉颈戴银项圈的少年，突然就变成了一个灰黄瑟缩、眼睛肿得通红的中年人，蠕动着嘴唇，用恭敬的态度喊他：“老爷！”

是生活把他变成这样的：多子，饥荒，苛税，兵，匪，官绅……“都苦得他像一个木偶人了”。在文章的最后，鲁迅这样感慨：“我不愿意他们……都如我的辛苦辗转而生活，也不愿意他们都如闰土的辛苦麻木而生活，也不愿意都如别人的辛苦恣睢而生活。他们应该有新的生活，为我们所未经生活过的。”

鲁迅先生的文字如铸铁，一字千斤，不可易去，但我看到他说闰土“辛苦麻木”，心下却有点小小的不以为然。闰土真的是麻木吗？他说听到“我”要回来的消息，“实在喜欢得了不得”，只是简单的欢喜吗？没有对美好记忆的回溯，对时光本身的感触？只是，作为一个活在底层的人，不但表达感情是一件很冒险的事，持有这种感情都很危险，他们可能已经自取其辱了许多次了，到如今，已经知道，应对生活最好的方式，就是谨守本分。

所以，“我”可以很轻松地喊他“闰土哥”，他却不能回一句“迅哥儿”，唯有贴近社会通行的规矩，露出谦恭卑微的表情。本分，是混得落魄的人，唯一的不是办法的办法。

我总相信，每一张麻木卑微的表情背后，都有一个和大家同样敏感丰富的灵魂，或者说，灵魂里，都有这么一个区域，只不过，靠近它是痛苦的，因此也是危险的，他们对自己暗下指令，禁足于那不可靠近的雷池。但不去，不说明没有，总有一个时刻，你不知不觉地，就走到了那个地方。

《诗经》里的这首《小宛》，就是一个活得比较背的人，一次不由自主的心灵漫游。

“宛彼鸣鸠，翰飞戾天。”“宛”字，一般解释为“小”，也有人解释为“短尾”，“宛彼鸣鸠”，就是一只鸣叫着的短尾巴斑鸠了。

甭管它短尾不短尾，它都只是一只斑鸠，不是鸿鹄，更不是那“怒而飞，其翼若垂天之云”的鲲鹏，关于它的“翰飞戾天”——奋飞至天，诗中没说这是一个事实，还是只是一个愿望。

我有点怀疑这是一个愿望，因为这首诗的调子太压抑：“我心忧伤，念昔先人。明发不寐，有怀二人。”

像是一个空镜头，明月洒进窗户，角度缓缓游移，房间里的每一个角落，陈设都简陋之极。一个男人虚弱的声音浮出来，讲述着他内心的忧伤。这一晚他想起父母，想起那些音容邈远的先祖，竟至于夜不能寐。

却也不是单纯的怀念，接下来他讲起人生的道理：“人之齐圣，饮酒温克。彼昏不知，壹醉日富。各敬尔仪，天命不又。”

凡是正直智慧的人，喝起酒来有节制，有那么一拨糊涂人，一天到晚在滥饮。我们应该讲究自己的形象，否则天命一旦失去，就绝不会再回头。

从父母远祖，想到应有节制地喝酒，并不显得突兀。父母在我们的人生里，起着道德阀门的作用，内心每有小蠢动，一想起要对得起父母，便会戛然止步。古往今来，酒这种东西，都是闯祸的根源，如今尤其是，不见交警对酒后驾驶都开始严打了？

但也可以看得出，他内心极大的不安全感，一切都随时会丧失，假如你不够谨慎，包括饮酒在内的一切事物里都隐藏着无限风险，所以你要尽可能地规矩一点。

如果他的父母健在，他的恐惧可能就不会这么强烈，再没有能力的父母，都是人面对世界的最后一道屏障，一旦失去了他们，你就成了流浪的孩子，所有的风雨，都得自己来扛。

寥寥几句诗，传达出一个人内心深处的惊悸，他在说给谁听呢？朱熹说这是一封写给兄弟的信，倒也能自圆其说，血脉是手足间最能心领神会的密码，一说起老爹老娘，就打开了最便捷的交流渠道。另外，也只有手足间，才会平白无故地就担心起对方，幻想出莫须有的风险。

说给谁听，并不重要，就算是写给兄弟子侄的，行文间，未必不是对自己的提醒。他的这份提醒面面俱到，从喝酒说到教育下一代的问题："螟蛉有子，蜾蠃负之。教诲尔子，式穀似之。"

蜾蠃跟螟蛉的这段恩怨，我在鲁迅先生的文章里看到过："那细腰蜂就是书上所说的蜾蠃，纯雌无雄，必须捉螟蛉去做继子的。她将小青虫封在窠里，自己在外面日日夜夜敲打着，祝道'像我像我'，经过若干日，——我记不清了，大约七七四十九日罢——那青虫也就成了细腰蜂了。所以《诗经》里说：'螟蛉有子，果赢负之。'"

南朝时候，有个名叫陶弘景的生物学爱好者，经过认真地观察，发现了蜾蠃的阴谋，它才没有那么爱心泛滥，把螟蛉捉回家，是要给自己的孩子当口粮的。

春秋时候，人们还存有这一错觉，以为蜾蠃是一个母性磅礴的不育者，一个极有耐心的教育者，"像我像我"，一心想把螟蛉打造得像自己。诗中人认为，教育下一代，就得拿出蜾蠃这样的功夫，不可以荒腔走板，一定要有乃父之风。

那么，诗中的"我"都有哪些特点呢？那只小小鸟在这里重新出现了，"题彼脊令，载飞载鸣"，它一边飞翔一边鸣叫，这就是它的"鸟生"。我们的人生与它何其像，"我日斯迈，而月斯征"。在一个个时日里奔波。夙兴夜寐，告诫自己“无忝尔所生”——不要让自己的父母蒙羞。

这是一个本分人，他勤劳而本分，他的父母是这样，他希望自己的孩子也这样。有什么办法呢？他生活在那样的世间，目之所及尽是贫瘠与苦难：

交交桑扈，率场啄粟。
哀我填寡，宜岸宜狱。
握粟出卜，自何能穀。

原本吃肉的桑扈，现在只能聊胜于无地去啄啄谷粒，那些贫病交加的良民，保不齐就会进监狱，这年头活着不易啊，朝不保夕。他也曾抓着一把小米去占卜，想问问，是否还有自己的活路。

在这样的世间，一个贫苦人，底层中人，手无寸铁，动辄得咎，飞扬于他是一件多么危险的事，而勤劳和本分，或许能使他将自己保全。他还在对自己或是兄弟言之谆谆，我们却能看透，他对于那些不可预知的风霜刀剑的惶恐，他应该有着闰土似的面容和表情。

在他的脸上，我也能看到自己的表情，海德格尔说，人，诗意地栖居，尼采说，人，应该成为超人。太多的诗篇，倡导着灵魂的自由飞翔，张开双臂向前奔跑的姿态。但是，《诗经》里这个人的声音，才是大多数人铭记不忘的原则：你必须勤劳，你不可以多饮酒，你要沿着先人的步履亦步亦趋，他们踩过的地方，应该没有可怕的埋伏。凡此一切，构成一个收缩的姿态，犹如并拢双脚，抱紧双臂，蹲下去，无声地呼吸，将自己占据的空间压缩得更小一点，压缩到被命运遗忘的角落。

从某种意义上说，这世上的人可分为两种，一种是信邪的，另一种是不信邪的。陈胜、吴广他们属于后面一种。当命运步步紧逼，眼看就要陷入绝境，他们怒从心头起，恶向胆边生，振臂一呼，王侯将相，宁有种乎？NND，反了！

虽然终以失败告终，但起码爽了一把，跟老天磕了一把。

更多的人，是信邪的、服软的、收缩的。“假如你不能改变环境，那么你只能改变自己”，命运是最根本的环境，大家都比陈胜、吴广明白，知道跟老天磕那是以卵击石。内心再不平，一腔郁愤溢出来还是会倒回去，耳边永远有个小声音，提醒自己，小心一点，再小心一点。

诗中人虽然说到“齐圣”，说到“先人”，又要教育好下一代，一番道理转过来又转过去，核心却是，一个小人物，一介草民内心的恐惧。

赵传这么唱：

有时候我觉得自己是一只小鸟

想要飞却怎么也飞不高

也许有一天我攀上了枝头却成为猎人的目标

我飞上了青天才发现自己从此无依无靠

可以视为《小宛》的一个现代版，他想要高飞，却不能高飞，不敢高飞，只能在夜深人静的时候辗转无眠，怀疑是不是只有自己明天没有变得更好。

未来会怎样究竟有谁会知道，幸福是否只是一种传说我永远都找不到。

《小宛》里的态度要现实一点，作为一只飞不高的鸟，几经尝试还是要回到原地，要硬着头皮小心翼翼地对付自己的“鸟生”：

温温恭人，如集于木。

惴惴小心，如临于谷。

战战兢兢，如履薄冰。

念这几句诗，应该一字一顿，每一个字的背后，都是巨大的惊恐，吞咽下去的血泪，一个老实人的自警，和对命运的告饶。天地不仁，以万物为刍狗；圣人不仁，以百姓为刍狗，与命运抗争有用吗？不如委曲求全，虽然，委屈，也未必能求全。但除了委屈你还能有啥办法呢？

《诗序》说这首诗是讽刺周幽王的，我完全不能同意，那一字一句太恳切，咱们区区草民，哪能拿人家大王这么不当外人？兄弟说和自警说从根本上是一回事，所有“战战兢兢、如履薄冰”的人，都是一道受苦受难的兄弟，我们步步为营，冷汗涔涔，遥遥相望，心照不宣。

《邶风·柏舟》

泛彼柏舟，亦泛其流。耿耿不寐，如有隐忧。微我无酒，以敖以游。

我心匪鉴，不可以茹。亦有兄弟，不可以据。薄言往愬，逢彼之怒。

我心匪石，不可转也。我心匪席，不可卷也。威仪棣棣，不可选也。

忧心悄悄，愠于群小。觏闵既多，受侮不少。静言思之，寤辟有摽。

日居月诸，胡迭而微？心之忧矣，如匪澣衣。静言思之，不能奋飞。

8．肉身的忧伤

《柏舟》的主题，向来争议多多，有人说这是一个不招主公待见的臣子，也有人说这是一个在丈夫跟前不得意的女人。争论这件事，真没啥意义，谁都没有确凿论据，就既可以是女人，也可以是臣子，总之都有点晦气就是了。

这首诗的重点，也不是说这个人为什么晦气，而是他或者她，千方百计地想要从晦气带来的烦恼里挣脱出来的努力。

“泛彼柏舟，亦泛其流”。通常认为这两句是比兴，说这个人的心情，像在水中飘荡的小舟，没着没落的，因为接下来便是“耿耿不寐，如有隐忧”，一般人不大可能在船上睡觉，也就不会有“不寐”之感。

但我觉得也有可能是实指，心灵鸡汤之类的读物指导我们，烦恼的时候应试着转移注意力，旅旅游，唱唱卡拉OK，春秋时候不流行这些娱乐方式，还是荡舟江湖更为常见，然而对着静水深流，涟漪无边，主人公的心情并没有得到舒展，反而在怔忡的一瞬，让新愁旧怨重上心头。

“微我无酒，以敖以游”，美酒抑或游冶，根治不了深刻的忧愁，所谓抽刀断水水更流，借酒消愁愁更愁，当这努力宣告失败，他继续耿耿难安。

我心匪鉴，不可以茹。

我的心不是一面镜子，不能像它那样，安然地将美丑善恶悉数容纳，我接受不了，消化不掉，总有一些隐痛梗在心间，让我日夜不得安生。

心灵鸡汤又说了，实在放不下，不妨将它说出来，心理医生的看家本事，也不过是引导患者倾诉。这个人何尝不想倾诉，但问题是，你，真的拥有可以倾诉的对象吗？

你每日穿行在人群之间，跟那么多人低头不见抬头见，你的手机的通讯录上，密密麻麻地排着那么多姓名和号码，然而，在寂寞苦闷的时候，举目望去，有谁，是你愿意对他讲述而他也愿意倾听的人？

这个人“亦有兄弟”，也许是血脉相连的胞兄弟，也许是平日里称兄道弟的好友，跟主人公的关系算比较亲密的。但是，对于找兄弟倾诉，他却很有些迟疑，隐隐觉得，这兄弟“不可以据”，不是可以倾诉的对象。

可是，他又被烦恼苦闷逼得没辙，病笃乱投医，姑且一试吧。“薄言往愬，逢彼之怒”，“薄言”是勉强，“愬”是倾诉，当他勉为其难不得不地跑到“兄弟”那儿，正赶上“兄弟”在发脾气呢，每个人都一脑门官司，谁也顾不上谁。

主人公不再向外界求援，转回自己的内心，等待时光之酶，帮助他消化。然而，“我心匪石，不可转也，我心匪席，不可卷也”，内心里总有一些东西，那么沉重，固执地不肯收缩，也不肯挪动，我拿我自己的心，没办法啊！“威仪棣棣，不可选也”，我也是一个有尊严有体面的人，在伤害与羞辱面前，怎么能够屈服退让呢？

到底是怎样一种伤害，让他如此不能释怀？“忧心悄悄，愠于群小，觏闵既多，受侮不少。”有的书上，将“群小”，解释为“一群小人”，可是，生活中是有小人，但和伟人一样，数量有限，难以成群，我更愿意把“群小”二字，理解为“一群小人物”。

小人物是最容易被得罪的群体，微末的利益他们也会放在心上，又有自卑转化成的自尊，稍不留意就会令他们激烈反弹；小人物又是特别有杀伤力的一群人，这种杀伤力不像“小人”，是没有道德使然，相反，没有其他光环支撑人生，小人物对道德格外强调。说起来好像是一种美德，但是因为目光短浅，见识有限，缺乏反省思辨的能力，所持的道德坚硬而狭隘，像一把铁打的尺子，随时准备掏出来，量一量别人。

“群小”勇于出手，爆发力极强，不像君子甚至伪君子懂得隐忍，给自己和他人留一点面子。“群小”发作起来直接、粗暴、锋利、突兀，也许很快就烟消云散，当时却能让你很下不了台，对于脸皮薄的人，那种劈面而来的难堪，比背后被插刀子还要命。

阮玲玉当年服毒自尽，留下四个字：“人言可畏”，追究一下这些“人言”的发源地，正是来自“群小”，那些涌动在大地上的灰色人群。她却不能将他们的声音付之一笑，“群小”人多力量大，俨然代表了舆论导向，一个个又是那么生猛，面对他们，搁谁都由不得地要怀疑自己，怀疑使你变得无力。

诗中人犯了同样的错误：静言思之，寤辟有摽。寤是睡醒，辟和摽，都是捶胸状，他白天黑夜全在惦记这个事，胸中作痛又能怪谁？捶打也没用。

鲁迅笔下的阿Q比较强，人家瞧不起他，他还瞧不起人家呢，这种“精神胜利法”使阿Q从来不闹“精神危机”，可一来实在猥琐，二来您要是没阿Q那么“愚而诈”，还真没法做到。

比阿Q光明一点的，是中国最著名的诗人李白先生。原配去世之后，他一度和一位刘姓妇人同居，刘氏没什么文化，估计是出于生计的考虑才和李诗人凑合一下，对他不怎么恭敬。李白很受刺激。他其时混得有点惨，这个妇人轻视的眼神，就显得有代表性了。他没有被打倒，而是豪情陡生，写下千古名句：会稽愚妇轻买臣，我亦举家西入秦，仰天大笑出门去，我辈岂是蓬蒿人！

会稽愚妇，是朱买臣的老婆，买臣同志当初不得志，他老婆对他很没有信心，跟他离了。日后朱买臣发达，特意将前妻以及前妻的后夫接到家中款待，致使前妻羞愤而死。李白将“愚妇”比喻为这位有眼无珠的刘氏，自己俨然就是即将发达的朱买臣，他将自己变大，将对方变小，微如草芥，草芥的意见，不值得重视。

我佩服李白打不垮的豪迈情怀，不过就这首诗而言，他还是在跟

“会稽愚妇”对抗，人家都那么微不足道了，您就算是大笑着，不还是在跟她怄气吗？刘氏“愚”不“愚”我不知道，可跟她对着干的李白，不能算很高明。

真正有境界的，还是写下《岳阳楼记》的范仲淹，曾几何时，他也忧谗畏讥，满目萧然，但是，当“居庙堂之高则忧其民，处江湖之远则忧其君”的理念注入他的心中，他确定了自己的终极目标，没有什么再能将他伤害，谣诼纷纭能侵犯肉身，却侵犯不了这金刚石般的灵魂，他从根本上与它们分道扬镳。

忧谗畏讥的“忧”，和忧国忧民的“忧”，不是一个“忧”，前者患得患失，带着肉身的浊气，后者坚定勇敢，格局大，那一点点痛，和审美联系在一起，反成就一种快感。

两种“忧”的本质差别，在于能否“忘我”，“群小”们能攻讦的，是你那个有着太多琐碎欲求的“小我”，你的肉身，范仲淹借助理想之力挣脱肉身，无所牵挂，“群小”又能奈他何？

这么简单的事，为什么绝大多数人都做不到？倒不一定是范仲淹的理想太崇高，为爱情，为事业，为爱好，都可以作为理想一种，一般人也都难以为之专注忘我，通常是耳听六路眼观八方，所有的感官组成一个接收器，接收着来自“群小”世界里的声音，他们怎么对“群小”就那么当回事呢?

这正是关键之所在，人们在控诉“群小”的时候，一般不提从他们那里尝到的小甜头。虚荣心的满足，被肯定与接受，全要拜他们成全。假如你不能忍受孤寒，不习惯独处，你总想要投入“集体”的汪洋大海里，那么你只能和他们在一起。不管你在心理上有多么排斥，事实都是，你自己也“大”不了哪里去，你干脆就是群小的一分子，你的烦恼只能是这种：“如匪浣衣”。

就像盆里堆着的，还没有洗的脏衣服，那种污秽感，通常不在于上面有多少尘灰污垢，而是一种含混的肉身的气息，用张爱玲的话说：那种杂乱不洁的，壅塞的忧伤，江南的人有一句话可以形容：“心里很‘雾数’。”

我不在江南在淮北，但这个词，我也经常听我妈说起，初夏或是初秋，不很热，“要么就不洗澡了？还是洗吧，不然老觉着雾数”。那种黏糊糊湿唧唧的感觉，混杂着汗气体味，正是肉身的味道，脱下来的脏衣服放在盆里，也是那个感觉，用来形容肉身的忧伤，再合适不过了。

伊壁鸠鲁的门徒采多罗丝有言：我们幸福的原因存在于我们的自身之内，而不是自身之外。换言之，我们不幸的原因，也存在于自身之内，主人公东一头西一头地求助，唯独不能突破肉身，突破那些欲念纠结，也许因为，委屈比愤怒安全，跟污泥浑水较劲，比愤而展翅更容易做到，那么，他就不要抱怨无效的美酒，和坏脾气的兄弟，“不能奋飞”是无力者早已被注定的命运，而更不幸的是，常常，也是大多数人的命运。

《陈风·东门之杨》

东门之杨，其叶牂牂。昏以为期，明星煌煌。

东门之杨，其叶肺肺。昏以为期，明星晳晳。

9. 总有一个瞬间让你灵魂出窍

我写过一个小说，一个土大款一直想抛弃糠糟之妻，无奈老婆开价太高，他一直都下不了决心。有一天，他出差到另外一个城市，要找的人都不在，他百无聊赖地在那个陌生的城市里转了一大圈后，找了个宾馆住下来。闷坐了一会儿，他关了电视，一股豪情突然冲出胸臆：离婚，不管怎样都要离婚。

写完贴在网上，有朋友质疑，他为什么突然就决定了呢，连个前因后果都没有。

大事件，无论是个人的，还是历史的，有许多都显得无缘无故，也不是真就无缘故，比如这个男人，他想离婚已经很久了，只缺一个契机将其激活，变成行动。通常这种契机都由第三者来扮演，但这个男人不是，他偶尔脱离生活的流水线，在异地他乡，在一个从忙碌地随波逐流中抽离出来的时间，他不再被现实挟持牵制，终于可以俯视一下自己的人生，做出一个听从内心的选择，至于这个选择是否道德，这里且不说。

这个情节是虚构的，但情绪是真实的，数年前的一天，我站在街头等人，久候而对方不至，几乎就要焦躁起来了。然而那是黄昏，暮色正在沦陷，行人来去匆匆，一家家的店铺卷闸门被拉下来，霓虹灯与路灯次第亮起，我望着眼前晃动的画面，如同是另外一个人，望着我自己的人生。

倒没有悟到什么，或者做出什么决定，只是，那一刻，虽然还在家乡的城中，却有一种在路上、在远方的感觉，与常态的生活疏离的感觉，我几乎要感谢那个不守信用的朋友，若不是她不曾如约而来，我怎能有这一场意念中的旅游。

由此可见，“被负约”不见得都是一件坏事，生活是由一场场约定组成，上班、回家、看朋友，链接成了时间的齿链，环环相扣，身不由己，当你被负约，表面上看是一件沮丧之事，但是，它给了你不做“齿链人”的可能，如同一场小小的精神私奔，尽管，最终还是要回来。

在唐朝，杨贵妃在百花亭摆下宴席，等待唐明皇如约前来，却听闻唐明皇去了梅妃那里。想杨贵妃国色天香，一入宫便是“万千宠爱集一身”，何曾受过这番冷遇，心中翻云覆雨，借酒消愁。京剧大师梅兰芳这样吟唱她的微醺：

海岛冰轮初转腾，
见玉兔，
玉兔又早东升.
那冰轮离海岛，
乾坤分外明，
皓月当空，
恰便似嫦娥离月宫，
奴似嫦娥离月宫，
好一似嫦娥下九重，
清清冷落在广寒宫。

是有一点哀怨，但那哀怨的成分何其少，更多的感觉，是空旷、清冽，周体通透，孤芳自赏，从宫闱争斗里飞升出来的大寂寞，作为一个人，而不是一个妃子立于宇宙间的感怀。这才是我心中的杨玉环，她不是一个仗着花容月貌忘乎所以的人，她有很强的艺术感，偶尔，哪怕只一个瞬间，灵魂出窍，脱离利益得失，从审美的角度，去感受当时的境遇。

假如贾岛寻访到了那个隐者，就不会有这样的佳句：松下问童子，言师采药去。只在此山中，云深不知处。假如花园的主人正好在家，叶绍翁就不会有这样的发现：应怜屐齿印苍苔，小扣柴扉久不开。春色满园关不住，一枝红杏出墙来。假如春秋时候那位诗人爱慕的对象，早早地如约而来，他或者她就会忙着四目相对，从而无法注意到这样美好的景象：

东门之杨，其叶牂牂。昏以为期，明星煌煌。

似乎每一个城邦都有个东门，东门是《诗经》里男女最常见的约会地点，这个东门长着高大的白杨，有风吹过，每一个金色叶片都在互相敲打，沙沙做响。他们约定了黄昏时见面，而现在，已是满天的星光，伊人依然不见，只剩诗中人独自踟蹰。

跟那首《敖包相会》的意境相仿佛。不同的是，这首《东门之杨》更为沉静，没有那样的追问：“十五的月亮已经升上了天空哟，为什么身边没有云彩？我等待着心爱的姑娘哟，你为什么还不到我身边来？”透过杨树的枝叶去看天上的星斗，诗中人似乎很享受等待的这一刻。

虽然说恋爱是一种比较高级的精神活动，却也掺入了趋利避害的本能，我们希望对方能够准时而来，最好比我们还要早一点，据说有些女孩子，一定要比约定时间晚上一刻钟才肯姗姗而来，方见得矜持，也免去了等待之苦。

而等待的那一方通常是不那么自在的，白白浪费时间不说，还怕对方不至，有很多本该快乐的时光，都浪费在患得患失上了。

我想这首诗里的主人公，一定也有那么一个过程，未能免俗地焦虑过，但时光缓缓地碾过，心思如沙漏沉积了下来，当他（她）察觉到清风明月，他（她）就已经摆脱了得失心，以及由得失心带来的恐惧，安享当下。

少年时候曾有个感觉，我是世界上运气最不好的人，我去找同学玩，常常赶上对方不在家，去书店，好几次赶上盘点，去买火车票，我排的那支队伍总是最长的，还有比我更背的人吗？后来才知道，这个感觉，每个人都有，每个人都太想当那个运气最好的人，每一步都踩到点子上，才会忽略掉踩在点上的时刻，只记得那些倒霉事。

但问题是，假如每一步都踩在点上又如何？就那么春风得意马蹄疾地过了一辈子，看上去特别赶趟，却已把风景都错过。

好在没有谁是被上帝骄纵的宠儿，我们总是一而再再而三地被放鸽子，比如停电，比如车已开走，比如你望穿秋水，那个人迟迟不至。人生有多少这样的瞬间，不用着急去心疼自己的耗损，失之东隅，得之桑榆，一个回转处，亦能窥到别样的风情。

《陈风·衡门》

衡门之下，可以栖迟，泌之洋洋，可以乐饥。
岂其食鱼，必河之鲂？岂其娶妻，必齐之姜。
岂其食鱼，必河之鲤？岂其娶妻，必宋之子。

10．虚荣心也是生产力

前段时间我想换个车，想换的原因是以前的那辆车不带胎压监测，我又多看了几篇高速上爆胎的文章。有胎压监测，是我在打算换车之初，对新车的唯一诉求。

然后我就高高兴兴跑车市看车去了，这一看就看得眼花缭乱，上了十五万，几乎所有的车都有胎压监测，至于车型配置，各有各的好。我原本就是很纠结的人，这下更是纠结得要命，我于是向我心中的某“生活家”请教，我到底该买什么车？她说，你去看看某大牌吧，有个入门级的小车开起来很舒服，也很适合你。

我去看了那个大牌，没看出有什么毛病，我又急于结束这件事，就把那辆入门级小车定了下来。

把车开回去的路上，我越想越不对劲，我为什么要买一辆大牌车呢？即便是个入门级，我应该为这个LOGO多花了不少钱吧？连保险都要贵一些。如果我讲究品牌，想挤进去倒也罢了，但我的生活理念恰恰不是这一种，我不是一直标榜，自己喜欢寒酸的生活吗？

我一向是以寒酸为荣的。在朋友圈里，有人放出一张名表的图片，围观的人都说："口水啊！""赞！""大爱！"我想那一定是个好东西，于是我也很努力地看，看过来又看过去，上面没有钻石，也没有其他一望而知的高贵标志，倒跟我们小时候戴的电子表差不多，好吧，我知道这样埋汰一只名表是不对的，可是，真的，我实在看不出它比商场里那些几百块钱的表高明在哪里。

是不是它比一般的手表走得准一点，比如，一百年不用"上劲"或者换电池——吐出这种词我也觉得露怯，人家那么高贵的东西，一定都不是这些概念，管它是啥概念，反正我弄不懂，也不想弄懂那些概念。

我其实很高兴自己的"不懂"，很高兴我的品位如此廉价，你想，那样的一只表，少则几万元，多则几十万元，我得花多少时间才能挣这么多钱啊，这些时间，我本来可以读书的，可以写点自己喜欢但是卖不掉的东西的，可以睡懒觉晒太阳的，总之是可以更直接取悦于自己，现在，却被设计师和营销大师绑架了，用我的生命成本，完成他（她）的自我实现，是不是有点亏？没错，了解与占有是两回事，但一旦打开欲望的潘多拉盒子，即使你再勒令自己淡泊，只怕都已是覆水难收。

不只是手表，对于一切奢侈品，我都保持着一种乡巴佬式的无知无畏。有句话叫“男人看表，女人看包”，我知道一只昂贵的包，一定大有可取之处，可是，我背的这个150块钱的包，不也挺美观大方的吗？里面生活用品有润唇膏，文化用品有中性笔，甚至还有一只很潮的电子书呢，我就觉得生活分外优裕。

这就是我的生活理念，我总觉得连成功都是身外之物。我只希望这一生能活得悠游看更多的书，跟随阅读去往更为辽阔的时空，写出点像样的东西来，借写作，更多地了解自己。这样的设计中，自然没有发财这一项，如果不能发财，又想保持内心平静，那就只有压缩欲望。

我因此非常喜欢这首《衡门》：

衡门之下，可以栖迟。泌之洋洋，可以乐饥。

岂其食鱼，必河之鲂？岂其取妻，必齐之姜？

横木做的门梁，已经可以栖居，汩汩流淌的泉水，已经可以疗饥，难道我们吃鱼，非得吃大河里的鲂鱼，难道我要娶妻，非得是齐国的姜姓女？

支根横木就能当门梁，对不起，我很不严肃地想起小龙女拉根绳子就能睡觉，自由洒脱是有了，就是技术难度有点高。但这句“岂其食鱼，必河之鲂”却是深得我心，我遇到过太多口味刁钻的人，每当他们津津乐道于那些细微的差别时，我只能讪讪地笑，装作为自己的粗糙与粗鄙感到惭愧。

是的，我相信神户雪花牛肉入口即化，绝不同于我在沃尔玛买的三十块一斤的那种；我也相信几千块钱一两的茶叶喝起来必然如妙玉所言，“轻浮”无比；我相信那些被推崇膜拜的好东西，一定有它们的神奇之处，只是这种种神奇，若是不能与灵魂发生化学反应，让你豁然开朗，发现世界别有洞天，发现自己原来是如此这般，那么，在我看来，意思也不大。

相反，对于品牌过分的迷恋，甚至还会让我们与生活之间造成间隔。这句“岂其娶妻，必齐之姜”，正体现了这一点。

姜是齐国国君的姓氏，齐国的宗族之女都姓姜。在婚姻市场上，姜姓女子非常抢手，这跟“娶个有钱人家的女儿可以少奋斗十年”不一样，她们不见得都能给男人带来财富，男人也不见得都需要这个，有的主儿本身就很有钱，但是血统不够正宗，财大而不敢气粗，想要改变，其捷径就是娶个贵族家的女儿。

不但有钱人是这样，“娶个贵族的女儿”，也是成功人士的一块心结。唐朝时候有位宰相薛元超，位极人臣，声势熏灼，可谓得意之极，他心中却有几样隐痛：不是进士及第，没能修国史，没有娶到五姓女。

“五姓”指的是“李、崔、王、郑、卢”五家，在唐朝，据说血统最为纯正，在维护这一纯正血统方面也不遗余力，甚至都不肯将女儿“下嫁”到皇家——唐朝皇家虽然也姓李，但是这李不是那李，不是一脉相传下来，他们嫌皇家的“李”不够高贵。

于是乎，非但薛元超，连皇帝都郁闷起来了。

估计当时有这种郁闷的人不少。才子元稹在那篇很欠扁的《莺莺传》里卖弄他的艳遇，说女主角姓崔，她的母亲姓郑，郑氏的侄子，也就是崔莺莺的爱慕者、男主角的情敌自然也姓郑，说得煞有介事的，但是学者陈寅恪就看出些门道，他经过细致考证，得出的结论是，崔莺莺的原型不但不姓崔，可能还是一个身份不高的卖酒女，元稹在她姓氏上做的文章，不过是一种意淫。草根出身的他，可以借此获得一种良好感觉，他征服了姓崔的女子，打败了姓郑的男子，一箭双雕啊！

娶个老婆，也要看品牌，怎么跟如今吃大闸蟹，要研究下是不是来自阳澄湖有点像啊？这种求索，自然与爱情无关，也享受不到爱情带来的各种滋味，在对各种身外之物的追求中，甚至忘掉了自己的内在需求，这，算不算不够自爱？

坊间提倡简约生活的书不少，其中有一个说法是，多多使用替代品，替代品和高档货的差别，也许并没有想象中那么大，我昨天就看到一篇文章，说大牌货的质量也堪忧。

也许我们应该把大牌称作替代品，因为它提供的一大半，都与用户体验无关，甚至干扰了真实的体验。倒是春秋时候，那《衡门》的歌者，他没有住过轩亭堂馆，没有品尝过世间珍奇，也不打算娶个带品牌的老婆，他的感觉从不曾被扰乱过，却因此保持着天然的敏感，能嗅到阳光的香味，品出泉水的清甜，能与一个背景朴素的女子两情相悦，删繁就简之后，他拥有的，是最为本质的那一部分。

这种观点跨越古今中外，美国人梭罗，亦强烈反对过度消费导致过度工作，带一把斧子，来到在瓦尔登湖畔结庐隐居。他耕种、阅读、思考，极简的生活条件，却将生命最大程度地解放出来。

他在《瓦尔登湖》一书中这样说："懒惰是最诱惑人的事业，它的产量也是最丰富的。我这样偷闲地过了许多个上午。我宁愿把一日之计在于晨的最宝贵的光阴这样虚掷；因为我是富有的，这话与金钱无关，我富有阳光照耀的时辰以及夏令的日月，我挥霍着它们；我并没有把它们更多地浪费在工场中，或教师的讲台上，这我也一点儿不后悔。”

我读到这段话，觉得眼熟，嵇康的那篇《与山巨源绝交书》中有相似的句子：

（我）性复疏懒，筋驽肉缓，头面常一月十五日不洗；不大闷痒，不能沐也。每常小便而忍不起，令胞中略转，乃起耳。又纵逸来久，情意傲散，简与礼相背，懒与慢相成，而为侪类见宽，不功其过。又读《庄》、《老》，重增其放。故使荣进之心日颓，任实之情转笃。此由禽鹿，少见驯育，则服从教制；长而见羁，则狂顾顿缨，赴蹈汤火；虽饰以金镳，飨以嘉肴，逾思长林而志在丰草也。

他都懒到这个地步了，个把月都不洗一次头，不到尿急都不去小便，他不愿意去追求荣华富贵，他的性情，与热爱自由的麋鹿相同，若是谁想强制他，他宁可转头去赴汤蹈火。就算有人优厚待之，他想念的，依然是山林与丰草。

有人说他这是一篇战斗檄文，站在曹氏家族的立场上，拒绝与司马家族合作，我以为未免把嵇康看扁了，他这样的人，只有一个阵营，那就是自由。他不跟谁合作，只怕和他不爱洗脸不愿意及时小便差不多，不喜欢神为形役而已。

嵇康活成了一种行为艺术，或者说，他把人生当成了一个实验，极端、纯粹、不妥协，我们无法接近他，但他远远在那里，犹如灯塔，或者路标。荒诞之处就在这里——一个以嵇康为灯塔的人，只想少挣钱少花钱的人，突然买了辆大牌车，即使是入门级，也有一种口不对心的错位。我推诿于朋友的推荐，潜意识里，只怕还是有些我无法正视的虚荣。

这样懊恼着我回到家中，接到一个朋友的电话，她问我能不能帮她找个坐在办公室里的工作，哪怕月薪只有两三千。她的话让我愕然，我们多年未曾往来，记忆中的她，美丽温婉，与世无争，从收入较高的业务部门退回到行政职位，只想精打细算地过好一份小日子。她喜欢种植，桌上有小小的多肉植物，衣着朴素，以碎花为主，一条裙子穿在她身上，就格外地像一条裙子，看着她袅袅然的脚步，总是未能免俗地想起“岁月静好”四个字。

但是，她告诉我，她所在的公司江河日下，她不能安心坐办公室了，要出去跑业务，她没有跑业务的能力，在公司已经快混不下去了。

听着她的讲述，看着窗台上扑进去的阳光，我发现她落魄至此，就在于她少了一点欲望。突然想到，我那些竭力与欲望划清界限的偶像，嵇康以及梭罗，他们都没有活得很长久，人生求质不求量，可是，我还是想活得更长一点，活得更好一点，我不想，有一天，像这个朋友那样，在尘埃里求一份安逸。

我瞬间不再后悔买一辆入门级大牌车，我无法删除所有的欲望，我不怕穷酸，但害怕穷困。杜甫把儿子饿死的事写进诗里，隔了这么多年，我看了仍觉得难过。穷酸如同衣服上有个补丁，穷困却如大冬天穿单衣站在风口，一刻也难耐。在如今这个时代，穷酸与穷困离得这么近，我是个普通人，不敢掉以轻心。

买了就买了，虚荣就虚荣了，不忘记《衡门》里的警告就好，依然为嵇康的光辉引领就好，让两个自己，在心中相安无事，这是活在这个时代，必需的技术。

《唐风·蟋蟀》

蟋蟀在堂，岁聿其莫。今我不乐，日月其除。
无已大康，职思其居。好乐无荒，良士瞿瞿。
蟋蟀在堂，岁聿其逝。今我不乐，日月其迈。
无已大康，职思其外。好乐无荒，良士蹶蹶。
蟋蟀在堂，役车其休。今我不乐，日月其慆。
无已大康，职思其忧。好乐无荒，良士休休。

11. 及时行乐可行否

那年我的一位同事因公殉职，早上还有人看见他在路边等出租车，下午就有消息传来，说他乘坐的汽车在经过某个隧道时，遭遇车祸，当场死亡。

单位顿起大的震动，哀伤，以及兔死狐悲。大家年龄相仿，境遇相似，人生轨迹按理也该差不多，他的提前离去，提醒了我们，死亡并不像我们想象的那样，蹲在看不到的未来，它说来就来，事先未必就会打招呼。

好像一个真理被突然间揭示，据说当天下班时，有位一向以节约著称的同事就直奔菜市，拎了一篓大闸蟹，带着老婆孩子持螯大嚼——这也可能是个玩笑，可能我那同事早就对大闸蟹食指大动了，但我相信死亡给他的震撼——不用等螃蟹降价了，可能并没有那么一个稳固的未来。

我们经常活在对未来的期待中，吃得苦中苦，方为人上人，为了成为“人上人”的“将来”，“苦中苦”的“眼下”是可以牺牲掉的。我们克制现在的欲望，只为将来负责。

假如“将来”是一个虚拟存在，“眼下”的委曲求全是多么荒谬，审时度势的我们自然要调转头去，关怀可以确定的现在了。

一篓大闸蟹是我的同事对于现在的关怀，它还有个名字叫做及时行乐，似乎所有对死亡有所感的人，都会直奔这条路上来。《古诗十九首》有言：生年不满百，常怀千岁忧。昼短苦夜长，何不秉烛游！

如果说这还是撺掇，《山有枢》，干脆就是赤裸裸的嘲笑：

山有枢，隰有榆。子有衣裳，弗曳弗娄。
子有车马，弗驰弗驱。宛其死矣，他人是愉。

山有漆，隰有栗。子有酒食，何不日鼓瑟？

且以喜乐，且以永日。宛其死矣，他人入室。

意译一下：你有衣服舍不得穿，你有马车舍不得坐，这么抠门有什么用，你死之后他人享乐。何不享酒食，终日鼓瑟，暂且喜乐？非等到有朝一日身先去，让他人坐享其成？

隋朝的皇帝隋炀帝严格地执行了这些建议。话说他把江山断送掉之后，有一年除夕，他的继任者唐太宗李世民也想奢侈一把，盛饰宫掖，明设灯烛，“设庭燎于阶下，其明如昼”。

可怜李世民虽不像朱元璋那样苦大仇深，但是这么大手笔在他，也是开天辟地头一回，他心中得意，特别请一个人来为这份奢华做个见证，这个人，就是隋炀帝的老婆萧皇后。

这位萧皇后是个人物，一生绯闻多多，隋炀帝玩完之后，她流浪在一个又一个男人身边，有隋朝的叛将宇文化及，草莽英雄窦建德，突厥的父子两代可汗，四十多岁时，到了李世民的宫中，虽然周折动荡，但一个弱女子，几经变乱始终能够存身，且一直都是男人心尖上的人，足以证明她的魅力。

姿色应是一方面，另一方面是智商高。当李世民把她请出来，要她将眼前的陈设与隋炀帝时候做个比较时，她笑而不答。好强的李世民非要她说出个高下，萧皇后道，他一个亡国之君，怎么能与你开国之君比呢？表面上是对唐太宗的赞美，却回避了实质性问题，李世民穷追到底，定要她说说隋炀帝那时的情形。

萧皇后就说了，她说："隋炀帝那会儿，赶上年节，宫殿前的每个院子里，都有几十个火山，是沉香木堆成。又嫌火光不明亮。再加进去甲香和沉麝制作成的香料，焰起数丈。沉香甲煎之香，旁闻数十里。一夜之中，能用掉沉香二百余乘，甲煎二百石。

"殿内房中，也不燃烧膏火，挂一百二十个大珠子照明，比白天还要亮。又有明月宝夜光珠，大者六七寸，小者犹三寸。一珠之价，直数千万。我看陛下所用的，都没有这些东西。殿前所焚烧的，尽是柴木。殿内所点燃的，皆是膏油。只觉得觉烟气熏人，实未见其华丽。不过这些亡国之事，也希望陛下远之。"

嗯，人家隋炀帝逢年过节的，也喜欢在院子里点个篝火什么的，但人家用的材料，是沉香；人家也愿意把院子里弄得灯火通明，但人家的照明工具，是夜明珠。而李世民的院子里烧的，是干柴，屋子里点的，是膏油，烟熏火燎的，整一个暴发户行为，跟华丽什么的，哪挨上边呢？

当然，作为一个聪明女人，萧皇后最后还是给了李世民面子，说这些都是亡国之事，希望殿下远之。

《太平广记》上说，李世民当时也就顺坡下驴了，跟着萧皇后一起批评隋炀帝的奢侈，但是心里却暗暗羡慕他的奢侈。

奢侈也好，奢华也罢，隋炀帝这个标签是形成了，李商隐写进了诗里：沉香甲煎为庭燎，玉液琼苏作寿杯。隋炀帝下扬州时，以高级织锦为屏障，为马鞍拦泥，李商隐又八他一卦：春风举国裁宫锦，半作障泥半作帆。李商隐写咏史诗，总是义正词严的，很有观众意识和镜头感。太过正面的态度，影响了他的感知能力，否则，以他的敏感，如何看不出，隋炀帝纸醉金迷醉生梦死之后的那份哀伤。

隋炀帝的江山来得不易，费尽心机干掉了哥哥和老爸才得到的。他妈叫独孤及，我看坐稳了天下的隋炀帝可以随他妈的姓，叫独孤求败。从此世间再无敌手，他唯一的敌手是死亡，有了汉武帝的前车之鉴，他应该知道，想征服死亡，基本上是个笑话，对于一个野心勃勃的强势人物，这样的现实，是难以接受的。

不甘心，而又无能为力，让他活在死亡的阴影下。他对着镜子，发如是感叹：“好头颅，谁当斫之？”他知道自己是会死的，来不及地要把一切花光，存了这个心思之后，不用死亡到来，他就已经为它支付了太多了，直到终于，把自己给作死。

不怕被贼偷，就怕被贼惦记着，还怕同时也老惦记着贼，那日子真是没法过。隋炀帝的“行乐”，是害怕失败而选择失败，节制的生活也许没有未来，不节制的生活一定没有未来，而且，也不一定拥有现在。古人一说“及时行乐”就是“秉烛夜游”，但问题是，偶尔秉烛一把也可，谁能一天二十四小时两天四十八小时地开狂欢派对呢？

没有比喧哗之后的落寞更落寞的了，没有比快乐后的悲哀更悲哀的了，欲望这东西是守恒的，更要紧的是，那些喧哗，那些快乐，是真实的吗？当你为了及时行乐而及时行乐，所谓的“乐”往往只是故作姿态。

所以，尽管杜甫赞叹李白潇洒，“斗酒诗百篇”，“天子呼来不上船”，但是，他同样觑破他是“痛饮狂歌空度日，飞扬跋扈为谁雄”，知道他的“痛饮狂歌”终究是“空”，他“飞扬跋扈”又能“为谁雄”？他痛惜李白“佯狂真可哀”。

“及时行乐”四个字，只能是个建议，它的可行性太差，一不小心就会破产，或者说走进死胡同，那么怎么办，只有眼睁睁等死吗？

当然不。还以隋炀帝为例，他犯的错误是，一心要与死亡赛跑，要在它到来之前享受完一切，不给敌人留下一颗子弹。表面上看，他是活在当下，事实上，他拿死亡太当回事了，背负着“死亡”寻欢作乐，还怎么快乐得起来?

没有比“及时行乐”的人，更记得“死亡”二字的了，他们的每一口冰激凌，都为死亡而吃，他们歌唱着，舞蹈着，高调地找着乐子，心里却始终是紧绷的，随时会绷断的。

是否可以换一种姿态，变对峙为接纳？死亡迟早是要来的，来就来好了，就像在生命没有存在以前那样。以我现在的修为，我要说，生与死都是生命的一种状态，不必有区别，那有点装十三，但是，我们真的没有必要像一个太过殷勤的主人，早早地为一个萍踪不定的不速之客洒扫庭院。

“该干吗干吗”。常用语里有大智慧，该吃饭就吃饭，该睡觉就睡觉，该吃螃蟹就去吃，只要不是为了遥远的死亡去做，都没有问题。“活在当下”与“及时行乐”的本质差别，就在于，前者绝不为明天的事情付出心理成本。

“活在当下”的人，懂得享受，但绝不会躺倒不干，适度的节制与紧张感，能够让现实眼下更愉悦。它是一种向上的姿态，说明你从不放弃自己。

每一个日子，都是西西弗斯手上的石头，推着石头上山，这看似徒劳之事，其实比“及时行乐”更能让人忽略死亡。你努力劳作，勤于探索，并为这些而适当节制，这本身，难道就没有乐趣吗？相形之下，感官享受太容易餍足，解决不了根本问题。

古人早在千百年前就和我们一样，思考过这个问题了。《山有枢》前面，还有一首《蟋蟀》：

蟋蟀在堂，岁聿其莫。今我不乐，日月其除。无已大康，职思其居。好乐无荒，良士瞿瞿。

人生一世，草木一秋，蟋蟀的生命，也只有短短一季，它的吟唱，很容易让人想到终极问题。生何其短，死必到来，今我不乐，日月其除。今我不乐，日月其迈。今我不乐，日月其滔。诗人不断地说：今天我如果不寻欢作乐，生命就这样流逝了。

好吧，那就及时行乐吧，将能达到的快乐尽可能地推向极端，像乘坐过车山车，尖叫着滑过一个个欲望的顶峰，又尖叫着下坠。然而，在这样的放纵过度之后，不仅不能收获预期的欢乐，反而收获加倍的虚无和混乱。

于是诗人劝勉，或者是感慨：好乐无荒啊！思前又想后，他还是作出了这样的决定：“良士瞿瞿（收敛）”“良士蹶蹶（勤奋）”“良士休休（节制）”。他回到紧张有序、节制内敛的生活，这种状态不是为未来积蓄，就算明天便是末日，今天，我也得从容度过，唯有如此，才能体现生命的骄傲与尊严。

有个朋友的博客标题是“宁静安详，始知花香”，在思维转了一大圈，经过了“看山是山”到“看山不是山”再重回“看山是山”的初始之后，适当的“节制”与“努力”，才能保证人生里的大安详，能够让人处于淡淡花香的愉悦感里。

《豳风·东山》

我徂东山：慆慆不归；我来自东，零雨其蒙。我东曰归，我心西悲。制彼裳衣，勿士行枚。蜎蜎者蠋，烝在桑野；敦彼独宿，亦在车下。

我徂东山，慆慆不归；我来自东，零雨其蒙。果赢之实，亦施于宇；伊威在室，蠨蛸在户；町畽鹿场，熠燿宵行。不可畏也，伊可怀也。

我徂东山，慆慆不归；我来自东，零雨其蒙。鹳鸣于垤，妇叹于室。洒扫穹窒，我征聿至。有敦瓜苦，烝在栗薪。自我不见，于今三年！

我徂东山，慆慆不归；我来自东，零雨其蒙。仓庚于飞，熠燿其羽；之子于归，皇驳其马。亲结其缡，九十其仪。其新孔嘉，其旧如之何？

12. 离家越来越近

有一年冬天，奇冷，我每天早晨都要对自己好一番励志，才能从被窝里爬起来，励志的方式，往往是背诵《吊古战场文》中的一段。

至若穷阴凝闭，凛冽海隅，积雪没胫，坚冰在须，鸷鸟休巢，征马踟蹰，缯纩无温，堕指裂肤。当此苦寒，天假强胡，凭陵杀气，以相翦屠。

那是多么冷的天气，积雪堆到了脚踝，胡须上结了冰，凶猛的鸷鸟待在巢里，腥风血雨里闯过来的征马竟也踟蹰起来。缯帛制作的棉衣，冰冷似铁，皮肤裂开，手指头都被冻掉了。就在这样的苦寒天气里，老天凭借强大的胡敌，依仗肃杀之气，对血肉之躯，进行屠戮。

我是那种同感性特别强的人，看到人家淌血，自己的神经会不由自主地收紧，听说人家的手指会冻掉，我的指端也隐隐若有痛感。我曾去过胡兵出没的雁门关一带，当地人说即使在地球变暖的天气，这里的冬季，也常有零下二十几摄氏度的酷寒，李华并没有夸大其词。这么忆苦思甜了一下之后，我也就能从被窝里奋然而出了。

《史记》，还是《汉书》抑或《资治通鉴》，里面多有关于战争的叙述，但多是地名和数字的组合，区区几个人名，全是成功和失败的首领。“一将成名万骨枯”，没有文字描述那“万骨”的感受，没有注视过，最极端环境里，他们的眼睛反映出的心灵，那些时候，他们只是一个个被驱来遣去的卒子，被规定了，不能有灵魂。

他们自己也不能让自己有灵魂吧？那样的苦难中，要是他们想到自己是个人，一定会很受不了。只能仅当成命运的承担者，麻木地承担着雷霆风雪、饥饿苦痛和死亡的威胁，既然那处境无可改变，麻木，是他们唯一能够选择的镇痛方式。

假如有一天，他们开始感到和风细雨了，开始注意到路边的灌木虫草了，开始对一切细物有所感触了，那一定是，他们从战场上归来了。《东山》这首诗，所讲的，也许就是一个“士卒”，在回家的路上，一点点找回一个“人”的感觉的过程。

我徂东山，慆慆不归。我来自东，零雨其蒙。我东曰归，我心西悲。制彼裳衣，勿士行枚。蜎蜎者蠋，烝在桑野；敦彼独宿，亦在车下。

我出征到东山去，很久不曾归来。我从东山归来，细雨零乱迷蒙。闻听要离开东方，我的心因欢喜而悲伤。脱下军队的制服，换上才制作的家常衣裳，再也不用衔着小棍行军，不用像那些蠕动在桑野之上的蚕一样，缩成一团，睡在军车底下。

这几句诗说得真是质感，拂面的杏花春雨，贴体的家常衣裳，突然被解放的口唇，和再也不会卷土重来的辛苦经历，他放开一切感官，去细致入微地体验离开战场的快乐！

他像一个新生者，走在西归的路上，毛毛雨一路飞在脸上，他每时每刻都有一种崭新的快乐，每一段的开头都是：我徂东山，慆慆不归。我来自东，零雨其蒙。不断地感怀着，温习着，反刍着，感动着。

一路景致都让他觉得生动，栝楼的果实结在谁家的屋檐下，土鳖在屋里跑野马——是不是他在那些废弃的屋宇里投宿过一些夜晚？小蜘蛛在房间里到处扯网，门口的场地上，都是麋鹿行走的痕迹。最显得荒凉的是，在夜晚，鬼火和萤火虫的亮光飞来飞去，这一切有点可怕？啊不，对于一个从战场上归来的人，即便这些荒凉，也让他有一种在人间的感动。

很多评论家说，上面这段描写是对于统治者的批判，通过具体事物，鞭笞那些致使民不聊生的人，一句“伊可怀也”使我觉得，批判什么的是客观效果，一个刚从战场上归来的人，他的神经和承受力，比我们想象得坚韧得多。

只是，当他离家越来越近，他的心就越来越柔软，在跨入家门之前，他听到旁边小土堆上，鹳鸟熟悉的鸣叫，而他的妻子一边收拾屋子，一边感叹他在哪里，她一定以为他在很远很远的地方，以为看不到他的归期，当她话音未落，他迈上一步出现在她眼前，她该有多么惊喜？

鹳鸣于垤，妇叹于室。洒扫穹窒，我征聿至。有敦瓜苦，烝在栗

薪。自我不见，于今三年！

有释者将这些场景解释为征夫的想象，“我征聿至”的“聿”有“即将”之意，他们认为他还没有到家。但我觉得“聿”也有“迅即”“马上”的意思，他的老婆正在念叨着呢，他就出现在门外了，更有一种“说曹操曹操到”的惊喜。

诗里没有说他们是否执手相对，如何畅叙别情，一个小小的细节比这种程式化的描写更能打动人心，他在柴堆上，看见了三年前就放在那里的一个破葫芦。葫芦不足为奇，柴堆不足为奇，关键是，三年前，这个葫芦就放在那里，他一定有许多次地熟视无睹，过眼而不经心，三年后，这一场景的出现，让旧日的感觉卷土重来，将初回家园的陌生感克服了大半。

这里虽然是他的家，他离开它太久了，那种暌隔，不只是时空距离，还有两种生存方式的不同。当他在遥远的东方，像一个牲畜那样活下去，大概是不容易记起家乡的生活吧，如今他归来，举动之间，便有一种做了新客的怯怯。

柴堆上搁了三年的葫芦，像是一个提示，一个通往旧生活的路标，他摸索着上路，心中并不踏实。毕竟，在这个家里，更有气场的是人，他望着自己的妻子，是否亦有一种不真实感？他让自己努力回忆她曾经的样子，他所熟悉的她的样子。

他永远记得初相见时，那个特别明媚的日子。黄莺鸟在阳光下展开鲜明的翅膀，他乘着马车去接新嫁娘来家，他记得那马儿有白也有黄。她的母亲为她系好了佩巾，又将礼节细细叮嘱，新婚时的好光景长久地定格在他的心中，他征夫生涯里也不能忘记。只是，如今，他像一个陌生人一样，从远方归来，久别重逢时候，还能找到当初的感觉吗?

那真是一个特别曼妙的疑问，在春秋时代的蒙蒙细雨中，在这似真似幻的家园里，一个久别者站在远方与故土的分界线上，在那种既温柔又怔忡的情绪里，心潮微涌，快乐而疼痛。

《小雅·湛露》

湛湛露斯，匪阳不晞。厌厌夜饮，不醉无归。
湛湛露斯，在彼丰草。厌厌夜饮，在宗载考。
湛湛露斯，在彼杞棘。显允君子，莫不令德。
其桐其椅，其实离离。岂弟君子，莫不令仪。

13. 厌厌夜饮，不醉无归

许多年前，在小城报纸的副刊上看到这个题目。作者是我的一个熟人，文章写的是他的饮酒。据他解释，这是《诗经》里的一句，“厌厌”是安然状，这八个字加在一起，非常地打动我——那时我还很年轻，很容易被各种事物打动，我的想象力还没有被现实戕害，遇到点什么，就会泛滥得一塌糊涂。

你能与谁在深夜里安然地开怀畅饮？时间凝滞，钟表停止，归不归去以自己的感觉来衡量，醉意不深绝不离去。

在那样的对饮里，会说些什么，一字一句都该是从心底渗出来的吧，可能自己都不知道有那些话放在那里，自己都想不到会说出那些话来，那个夜晚，一种貌似平静却又令人颤抖的激情，使你抵达心灵的最深处，像打捞沉船里的珍宝那样，把最隐秘的珍藏，捞出来，呈现上。

人生浩漫，说长不长，说短也不短，能有这么一个夜晚，足矣，像是苍黄书页间的一帧彩色插图，回头翻的时候，它总在最顺手的那一页。

我向往这样的饮酒，却也知道，与我的生活无关，父母管我太严，喝酒已是大忌，更有时间限制。犹记当时，在朋友家看《泰坦尼克号》，晚上八点一过，传呼机上就一声声响起家中的号码，回过去必是老爸严厉地要求赶紧回来，不回呢，心上的那根弦就始终绷着，分分秒秒不得安生。

但是那天，出现了一个例外，正是写那篇文章的朋友，我们就叫他老袁吧，他订了一份《随笔》，当时《随笔》与《读书》，在我们那群文青心中，几乎是最有分量的几份文学期刊之一，他在上面，看到了我的文章。

我很高兴，我爸也很高兴，这使得我能够答应去他家取杂志，并在他家吃饭——他们夫妇，都是我们小城里最有影响力的作者。

那晚，与我同去的，还有发小阿朱，阿朱倒非写作者，只是对文字有兴趣，对写文章的人，也有些兴趣。

老袁夫妇住在一间小小的平房里，门脸朝东，像是故意背过脸去，这也许很不舒服的朝向，在我年轻浪漫的眼中，就有一种很文人气的执拗，仿佛在说，我们穷，但我也很个色啊。我跟老袁夫妇说这个感受，他俩只是苦笑。进了门，里面又是一种景象，家具陈设是寒酸的，只是床头用小彩灯绕了个“Z”字样，这是老袁妻子姓氏的缩写，她笑说，这是老袁弄的。

四人坐在灯下，翻看完杂志之后，开始吃饭，老袁夫妇开了一瓶白酒，话题就从老袁写过的那句“厌厌夜饮”开始了。我说，我还喜欢杜甫那句“痛饮狂歌空度日，飞扬跋扈为谁雄”，写尽纵情之后的空虚，你狂歌了，你痛饮了，但你还是在空度日；你满嘴豪言，飞扬跋扈，但你又能为谁雄？

说完大家都有些感触，也许因为那时，同在小城的我们，都不甘心久居于此吧，都觉得自己有大好前程，却也都不知道曙光在哪里，只是内心涌动着豪情壮志，在与现实的触碰中，一次次满涨，再一次次流失。

见气氛低落，我又说起我喜欢的另一句关于酒的诗，是王维的“相逢意气为君饮，系马高楼垂柳边”，这句是王维的，却让我想起鲁智深和林冲来，两人性格差别那么大，却能一见倾心，相约着去喝上一杯，这际遇，也是人生快事。

休怪我总是引经据典，在那时，我们还不羞于谈论文学，还会觉得贫穷亦是一种未尝不可的生活，如此漫无边际地说开去，酒也一杯杯喝下，不知什么时候，醉意上了头，当阿朱告诉我他的传呼机一直在响时，我伸手做了个制止的动作，别管他们……

然后就是呕吐，是阿朱家人问了我爸妈之后，于深夜寻来，把我们接回去，我被我爸痛骂，清晨醒来，想起昨晚和老袁约下，今天还要去给他的学生上一堂文学课。

忍着酒伤去上课，效果居然还不错，也许是酒意犹存，少了些禁忌，畅所欲言之外，还说得颇有些文采，一节课讲下来，我自己也觉得容光焕发。这是我第一次醉酒和第一次讲课，都是还不错的体会。

许多年过去了。曾经无限恩爱的老袁夫妇已经仳离，阿朱也从我家隔壁，搬去了很远的地方，我自己，也早不是当初的那个人，一些观念，也在被改变。贫穷几乎与虚弱等同，在小城里舞文弄墨，也不像当年那样值得自豪，我听说老袁后来很善于炒房，很有钱，不知道想起当年那间风格执拗的小屋，那串寒碜却也闪亮的“Z”字，他又是怎样的感受？人生如寄，每每漂泊，无论是老袁夫妇，还是阿朱，这些当年与我一同灯下同饮的人，我都愿他们此去，桥都坚固，隧道都光明。

只是，还有些后话，后来我翻书，才发现，“厌厌夜饮，不醉无归”，与我们当时的场景是对不上的。

这句诗，出自《诗经·小雅·湛露》，但它说的不是知己间的夜饮，而是天子宴请诸侯。第二段里有“厌厌夜饮，在宗载考”的字样，宗，宗庙也，考，宴饮之礼也，在宗庙里执行宴饮之礼，布衣之交当然不可能有这份派头。

这是一场工作宴，还是上下级之间的工作宴。工作性质使然，我在单位里处境边缘，几乎没怎么参加过工作宴席，倒是阴差阳错的，误入过几次别人的工作宴，每次从那种饭局上出来，我都要做个深呼吸，只因此前，我已经屏息静气那么久了。

真是很可怕的体验，主宾高高在上，下面的各种恭维，如烟雾缭绕，将那张看上去很陌生的脸推得更远。一旦他开口，四座肃然，不好笑的笑话要赔笑，不好接的话茬，要勉力接上，如果主宾情绪不佳不爱开口，或是情绪太好以至于滔滔不绝，如何与之互动，就成了一件高难度的事，就算我这种无关者，也能感到每一个人静默的外松内紧。

自然不可以胡言乱语，不能举止失当，我自己后悔不迭之余，推想坐在最上面的那个人，他会喜欢这种氛围吗？他真的不觉得难受吗？当然了，燕雀安知鸿鹄之志，燕雀又安知鸿鹄之乐，咱就别以边缘人物的心理，推断人家核心层的感受了。

《湛露》倒真的是按照工作宴的气氛来写的：

湛湛露斯，在彼杞棘。显允君子，莫不令德。

其桐其椅，其实离离。岂弟君子，莫不令仪。

果实重重的露水啊，挂在枸杞树上，光明诚恳的君子，美德使他不会失态。

那些梧桐和椅树，累累果实坠下来，温顺谦虚的君子，总是保持完美仪态。

看看这些词，就会让我回到那些老想着深呼吸的恐怖场景。

相对于这首诗里虚伪的雍容揖让，作为反面教材的另一首描写饭局的诗《宾之初筵》还更有劲一点。宴会的一开始，也曾都假模假式来着：

宾之初筵，左右秩秩，笾豆有楚，肴核维旅。酒既和旨，饮酒孔偕，钟鼓既设，举酬逸逸。

宾客刚刚到场的时候，左右排列甚是有序，餐具摆放得很是齐整，菜肴与果品陈列得也很得当。美酒本身自是醇正，那就以礼喝起来。钟鼓放置在一旁，举杯敬酒不停歇。

酒过三巡，血液被燃烧，有酒无乐，岂不乏味，各种娱乐活动开始了：

大侯既抗，弓矢斯张，射夫既同，献尔发功。发彼有的，以祈尔爵。籥舞笙鼓，乐既和奏，烝衎烈祖，以洽百礼……

这段我不想翻译了，反正又是射箭，又是演奏，很HIGH就是了，主人敬了一位又一位，当血液里的酒精达到一个浓稠度，规矩被丢到脑后，桌上某些人，也都换了模样。

宾之初筵，温温其恭，其未醉止，威仪反反。曰既醉止，威仪幡幡，舍其坐迁，屡舞僊僊。其未醉止，威仪抑抑，曰醉既止，威仪怭怭。是曰既醉，不知其秩。

从最初的温文尔雅，到“舍其坐迁”，离开座位跑到别处，再到“屡舞僊僊”手舞足蹈似成仙，这个人一点点地打开了自己，理性关闭，一个人生物性的一面展现出来，变成了得意的孔雀，殷勤的猴子，或者不讲章法的猪八戒。

他们大喊大叫，弄乱人家的杯盘，忽然又跳起舞来，把所有的规矩丢到了一边。他把皮帽子歪戴着头顶，蹦跳着舞个没完，又赖在那里不肯出去，不愿意回家休息。在有序的社会里，这样的人自然是被排斥的，“醉而不出，是谓伐德”，喝多了还赖在这儿，简直没有德行。这都追究到人品问题了。

这样的人存在，单是对于酒宴，都是危险的，人们决定制定一套规矩：凡此饮酒，或醉或否，既立之监，或佐之史。

凡是这样喝酒的人，别管他有没有醉，都要立个酒监监督他，还要弄个酒史将他记录在案。但是那些没喝醉的人，也别以为没什么事，你不要顺着醉鬼来，也不要煽风点火地让他出丑，不该说的不要说，不该问的不要问，三杯酒下肚他啥也不懂，哪经得你再去挑逗。

战国时候，淳于髡为齐威王立了大功，齐威王宴请他，问他能饮几何酒而醉。淳于髡说，我的酒量很难说，可能饮一斗会醉，也可能饮一石才醉。齐威王感到不解，淳于髡说，大王赐酒，执法在旁，御史在后，我恐惧地俯伏而饮，一斗就醉了；若是家中父母有值得尊重的客人上门，我卷起袖子，弓起身子，既要喝客人赐的酒，又要不时地敬酒，两斗也就醉了。若是朋友交游，久不相见，卒然相睹，愉快地叙旧，私情相语，可能要喝上五六斗才会醉；若是州闾之会，男女杂坐，没有时间限制，又有六博投壶这样的游戏，私下里捏捏小手，也不会受到处罚，非礼而视，也不会遭到禁止，前有坠珥，后有遗簪，这种情况下，我能喝上八斗。然而，最快乐的还不是这些，而是“日暮酒阑，合尊促坐，男女同席，履舄交错，杯盘狼藉，堂上烛灭，主人留髡而送客，罗襦襟解，微闻芗泽，当此之时，髡心最欢，能饮一石”。（《史记·滑稽列传》）

尽管淳于髡最后说的是“酒极则乱，乐极则悲”的大道理，但他也HIGH到了极致，辛弃疾喜欢他的描述，作词曰：**堂上更阑烛灭。记主人、留髡送客。合尊促坐，罗襦襟解，微闻芗泽。当此之时，止乎礼义，不淫其色。但啜其泣矣，啜其泣矣，又何嗟及。**（《水龙吟》）

能否止乎礼义咱不知道，估计辛弃疾也没有把握，我怎么都觉得，他羡慕的，是淳于髡的HIGH，咱们中国人正经严肃，不提什么“酒神精神”，但是，你没办法阻止人性的自然流露。

相对于这种HIGH，我更加向往的，还是本文开头，误读了那两句诗而产生的想象，我想象那宽袍大袖的饮者，将酒缓缓注入杯中，那动作就像一句话，或者连话也不是，桃李不言下自成蹊，一种无言有意的态度，对望一眼，便知平生。

这样的饮酒，可遇不可求。

《卫风·硕人》

硕人其颀，衣锦褧衣。齐侯之子，卫侯之妻，东宫之妹，邢侯之姨，谭公维私。手如柔荑，肤如凝脂，领如蝤蛴，齿如瓠犀，螓首蛾眉，巧笑倩兮，美目盼兮。硕人敖敖，说于农郊。四牡有骄，朱幩镳镳，翟茀以朝。大夫夙退，无使君劳。河水洋洋，北流活活。施罛濊濊，鳣鲔发发，葭菼揭揭。庶姜孽孽，庶士有朅。

14. 这个硕人很寂寞

当年李嘉欣下嫁许晋亨，多事的媒体却跑去问许晋亨的前老丈人，澳门赌王何鸿燊的看法，这位老丈人倒是个爽快人，不玩“无可奉告”那一套，气咻咻地说：“我都不认得这个人”，说过不认得了，又不能忍住封口，评价道：娶了那么漂亮又有才的老婆，还在外面玩，我看他要再结十次八次婚都有可能。

老爷子为女儿出头的心情可以理解，但他作为娶了四任太太的过来人，对于许晋亨的不理解，则让人难以理解，漂亮有才就会被男人当成掌中宝？这些东西若是用不好，反而是一种阻碍呢。

关于许晋亨前妻何超琼的诸多优势，还有一项赌王没好意思说，那就是有他这样一个老爸，何超琼算得上出身显赫。1991年，赌王之女何超琼和船王之孙许晋亨大婚，婚礼花销两千万，虽然只是亨嘉婚礼上亿花费的五分之一，但那会儿婚礼的排场还没有水涨船高，已经至为奢侈。何况一对新人都正当好年华，相貌亦相当，可以想象，在那一刻，何超琼一定是光芒的中心，人人艳羡的女主角。

彼时的情景，有点像《诗经》里的“硕人”大婚。“硕人”之“硕”，不只是身材高大，更能够给人“硕”感的，是她的来头：“齐侯之子，卫侯之妻，东宫之妹，邢侯之姨，谭公维私。”

齐侯的女儿，卫侯的老婆，齐太子的亲妹妹，邢侯和谭公的小姨子，一家子都是公侯王爵，轰轰烈烈。更难得的是，她和何超琼一样，还生得美：手如柔荑，肤如凝脂，领如蝤蛴，齿如瓠犀，螓首蛾眉。巧笑倩兮，美目盼兮。这一串比喻甚是铺排，琳琅满目，我上中学时写作文，要形容一个美女时，总是打开这篇当成词汇库，像薅韭菜似的薅上一把，放自己作文里，也不管合适不合适。

薅了那么多回，对于“硕人”的感觉，却像是最熟悉的陌生人，日日擦肩而过，从来没有往心里去过，就真切可感而言，还不如那位“在水一方”的“伊人”，后者表面上绰约仿佛，来路不明，忽而“宛在水中央”，忽而“宛在水之湄”，看不清她的唇齿与眉眼，却有一种东西，让你能够越过蒹葭白露，与她心神相通。

而“硕人”呢，颀长的身影才一闪，她的父亲哥哥和姐夫就已映入读者眼帘，如一个个生硬的树桩，站立成“非请莫入”的栅栏，将“硕人”与我们隔离开来。连她堂皇的美貌，也像是一种拒绝，她的手，她的肌肤，她的脖颈，她的牙齿，她的眉毛，还有她的眼睛，每一个局部都很完美，像是层层叠叠繁复的蕾丝，冰冷而又精致，淹没了本该作为主体的身体以及灵魂，手感全无，全是异物。

也许，“硕人”和“伊人”一样有情思，有情绪，有着浪漫高远的灵魂，可是，这些消失在过度的包装下，远远看着她，只是仪式上一个矜持完美的符号，反不如那些无名无姓、来历不明的女子，可以推心置腹地，让你了解她们的惊动与愁思。

《围城》里方鸿渐的老爸说起苏文纨背景不错，方鸿渐对她并没有那个意思，还是忍不住要想：“为什么可爱的女孩子全有父亲呢？她孤独的一个人可以藏匿在心里温存，拖泥带水地牵上了交亲、叔父、兄弟之类，这女孩子就不伶俐洒脱，心里不便窝藏她了，她的可爱里也就搀和渣滓了。”又说很多人谈婚姻，纠结于女孩子的老子或哥哥，简直像是同性婚姻，殊不知，“硕人”们的婚姻，常常就是一些同性的合作与建交。

比如这位“硕人”庄姜的婚姻，就是齐国与卫国联姻的结果，古代的诗歌研究者跟现如今的娱记一样八卦，据他们考证，庄姜美丽贤惠有来头，却失宠于卫庄公，致使小妾占她上风，诗人特意写下这首诗，表示怜悯之意。

单就文本而言，我还真看不出什么“怜悯”，不过“硕人”的好命，种种包装，把她变得太过“硕大”，也许是她不得宠的原因。小的，是可爱的，所谓不盈一握，所谓温香软玉抱满怀，都不可以是“硕”的，“硕人”，可以用来羡慕，可以用来供奉，却不可以用来爱。

《红楼梦》里的王夫人也算一“硕人”，出身于四大家族之王家，从她生下一双漂亮儿女看，她自己的相貌应该不恶，尽管有时有点笨有点冲动，但总比赵姨娘要好很多，可是，贾政的生活起居，大多都是赵姨娘照顾，偶尔和王夫人一同出场，端得就像庙里的神像。

这和喜新厌旧无关，贾府的规矩，少爷娶亲前一般先放两个妾在房里，赵姨娘跟贾政的年头更长。究其原因，当是王夫人拥有得太多，没有缺失感，没有给人怜惜温存的余地，好像一个人就已经圆满平静端庄俨然，那么，男人也就犯不着去打扰她了。

相反的例子是当代一位女作家，她是私生女，在冷漠和饥饿中长大，成年后，“混迹于20世纪80年代黑白艺术两道”。她抽烟，喝酒，放荡不羁。有一天，她遇见一个男人，和她来自完全不同的世界，著名的诗人和教授，他爱上了她。她站在庞大的世界之下，看上去是那么弱小，她的颓废堕落无助天真让他心生怜惜，觉得自己有必要向她伸出一只手。

王夫人未必不需要一双手，“硕人”的心中，未必就不住着一个很小很无助的自我，只是，她先天性的“硕”，将这样一种需求遮蔽住了，她表达不出，男人也就看不见。那么，为了自尊计，她只能将“硕人”的姿态端得更正一点，装作鄙视小女人的那一套，久而久之，形成了恶性循环，她真的成了一个泥塑的“硕人”，她对于晴雯的极度反感，便可视为一例。

而老爸为之鸣不平的何超琼却没有那么委屈，嘴里倒是说着，始终最爱许晋亨，另外，却和相当不靠谱的杨其龙传出绯闻，直到老爸放出狠话，才暂时收手。但恋情的终结并不意味着她要重回“硕人”之路，据说她现在活得很潇洒，走出了那个显赫堂皇的外壳，让已经把她定位为寂寞“硕人”的观众一时失语。

作为观众的我们，还是对李嘉欣这样的“草根女”更为熟悉一点，她父亲是日本人的苦力，小时候住过铁皮房，她有饥饿感，缺失感，她的不圆满，那凄厉与焦虑，是她留给男人的抓手，使她显得可爱——“可以爱”；也是留给我们的抓手，纵然我们对她的兴趣里有不以为然，却也掺了同情和懂得，而不是局外人的茫然淡漠。她价值上亿的婚礼阻隔不了我们和她的相知——人生的种种不如意，正是我们和她共同的纽带，是我们讳莫如深的亲密关系。

《宛丘》

子之汤兮，宛丘之上兮。洵有情兮，而无望兮。
坎其击鼓，宛丘之下。无冬无夏，值其鹭羽。
坎其击缶，宛丘之道。无冬无夏，值其鹭翿。

15．谁说无望就是一个悲伤的词

《乱世佳人》里的郝思嘉，一直以为自己爱的是卫希礼，不管白瑞德怎样给她洗脑，她始终置若罔闻。直到白瑞德要离去，她才如梦初醒，说，我不知道，我一直在爱着你。

在郝思嘉，这多少还算是一种有趣的错位，那时你明明在我心里，我却以为我在爱着别人。胡适的第一个美国女友韦莲司就没有她这么幸运，在她可以爱时，她不知道那个人已经在，等到她终于察觉，他已经转身，在千山万水之外。

胡适与韦莲司，相识于1914年夏天，胡适来到美国小镇绮色佳求学的第四个年头，之前，他已经作为受欢迎的中国留学生无数次出入于她的家中，那时韦莲司在纽约学习现代艺术。与非常主流的胡适不同，她不习惯过约定俗成的生活，没有受过完整的教育，常年漫游于美国、意大利、英国还有古巴……她是一个来自于徽州乡村的中国书生经验之外的那类人。

1914年10月，胡适的日记里正式出现了她的名字，胡适和偶回绮色佳的她，沿湖散了一次步，这让胡适的兴奋，久久不能止息。并非是韦莲司小姐如何美貌，恰恰相反，她以不修边幅著称，但她身上有另外一些东西，足以让胡适惊艳。

胡适在日记里这样写道："其人极能思想，读书甚多，高洁几近狂狷，虽生富家而不事服饰；一日自剪其发，仅留三寸许，其母与姊腹诽之而无可如何也。"

胡适不由得恭维道："曾经约翰弥尔说，如今很少有敢为狂狷之行者，这真是这个时代的隐患啊，狂乃美德，不是毛病。"韦莲司却不买账，说："如果是故做狂态，其狂也不足取。"她的回答，似乎是美式的直接理性，但又有《世说新语》般的智慧，让23岁的留美学生胡适，只有点头称道的份。

胡兰成说，张爱玲给他开了天眼，对于胡适，韦莲司也正是这样一个人。他抱守的很多东西，被她轻易地打破，不破不立，从缺口中突围，发现外面别有洞天。胡适在给母亲的信里，将韦莲司称为“舵手”，在他心里，则渐渐生出不一样的温柔。

他为她填词，描述相处时的旖旎：“我替君拾葚，君替我簪花。更向水滨同坐，骄阳更有树相遮。语深浑不管昏鸦，此时君与我，何处更容他？”

胡适故意给这首词加了个跋，说是“偶作绮语，游戏而已”，更显得欲盖弥彰，二十年后，他才告诉韦莲司，他为了瞒天过海，很下了一番功夫。

他这技巧，不但瞒过了世人，甚至瞒过了韦莲司本人，韦莲司一直以为，她和胡适之间，是一种伟大友谊。知道江冬秀既不能读也不能写时，她安慰他说：“说不定这种在智性上南辕北辙、无法沟通的关系，反而还可以让一个可能会很棘手的问题婚姻关系简单化呢！”1917年，胡适要回国结婚时，她也没有提出反对。

开始明白自己的心，是从胡适离开美国开始，当胡适一封封地给她写信，汇报一路见闻，以及关于他婚礼的种种，却不知那字字句句，让韦莲司心如刀绞，他们的错位在于，当她发现自己爱上他时，才同时发现自己真的失去了他。

之后便是漫长的失去感知的过程，他们两三年通一次信，胡适明显不如韦莲司热情，汹涌而来的生活已经将他淹没，他经过了上升期又来到倦怠期，不再是当年的那个人。1927年，胡适借赴美公干，重返绮色佳，与韦莲司相见。

一别十年，那爱意瞬间回黄转绿回到起点，尽管他已经结了婚，有了三个孩子，而她，退回家庭，衰老，寂寞，甚至还有一点点自卑，但那感情犹如被风抚平的沙滩，回复到了原状。在胡适离开之后，韦莲司犹不能平静，在给他的长信里，她写下自己内心的挣扎，以及突围的过程，最后她说，她在内心为他们举办了婚礼，作为一个精神上的妻子，她在想可以为他做些什么。

那封信写得漫长而缠绵，胡适那边却没有回应。他是一个候鸟式的爱人，他的爱情有季节性，但韦莲司显然没有意识到这一点，在以后的十余年里，随着胡适的来来去去，她经历了许多个情动、受伤、复原再受伤的循环。这情形直到1938年，胡适出任驻美大使，一个名叫曼哈顿的护士出现在他的生活里，她对韦莲司不无敌意，胡适则放任她在某些生活细节上，刻意与韦莲司叫板。

对于痴恋了胡适一生的韦莲司，这是一个打击，在她可以爱的时候，她懵懂无觉，当她发现并沦陷于那感情，他离开得，竟是如此彻底。但韦莲司的伟大之处在于，她并不是像一般的小女子那样，充满怨艾，当她意识到，他们之间已然错过，她决然将自己放到他的一个老朋友的位置。

她请胡适和妻子江冬秀到家中小住，为他的学术研究倾己所有。她放弃所有的希望——谁说无望就是一个绝望的词呢？

《诗经》里那首《宛丘》这样写道："子之汤兮，宛丘之上兮。洵有情兮，而无望兮。"

你的舞姿风流跌宕，在那宛丘之上。我对你岂能没有情意，但没有任何指望。

"无望"，也可以是一种主动的选择，我放弃所有的指望，只作为观众，观看你的舞蹈，无冬无夏，宛丘之下。这样的距离，刚刚好。

而《围城》里的苏文纨，就没有韦莲司的这份清明。当赵辛楣痴爱她时，她漫不经心，莫名其妙地嫁给了一个"四喜丸子脸"的伪诗人，许多年之后，她意识到自己可能会失去赵辛楣时，又像八爪鱼一样试图抓住他，赵辛楣对方鸿渐说，文纨对我比过去好。简单的一句话，说尽了苏文纨的贪婪。

世事芜杂，错过是人生常态，爱恋不能增加拥有的合理性，执迷于当年的爱，更如刻舟求剑，虽然，有时候，我也会往内心深处探索，在遥远的当年，在人生的棋盘还没有被固定下来时，你住在我内心的哪一个角落里？片刻怔忡，一时落寞，随后铺展到眼前的，仍然是这一大片继续面对的现实。这也许正是生活的别具风情之处，如此，也甚好。

图书在版编目（CIP）数据

闫红谈诗经 : 爱在春秋风雨间 / 闫红著. -- 南京 : 江苏凤凰文艺出版社, 2018.1

ISBN 978-7-5594-1331-4

Ⅰ. ①闫… Ⅱ. ①闫… Ⅲ. ①《诗经》－诗歌研究 Ⅳ. ①I207.222

中国版本图书馆CIP数据核字(2017)第271170号

书　　名	闫红谈诗经：爱在春秋风雨间
作　　者	闫　红
策划出品	惊池文化
出 品 人	王肃超　李　格
责任编辑	姚　丽
责任监制	刘　巍　江伟明
出版发行	江苏凤凰文艺出版社
出版社地址	南京市中央路165号，邮编：210009
出版社网址	http://www.jswenyi.com
印　　刷	北京富达印务有限公司
开　　本	880毫米×1230毫米 1/32
字　　数	130千字
印　　张	7.5
版　　次	2018年1月第1版　2018年1月第1次印刷
标准书号	ISBN 978-7-5594-1331-4
定　　价	42.00元